Martina E. Siems-Dahle

Das wiedergeborene Kind

Roman

Dieser psychologische Gesellschaftsroman ist fiktiv.
Handlungen, Personen sowie Namen sind frei erfunden.

Martina E. Siems-Dahle

Das wiedergeborene Kind

*Bibliografische Information der Deutschen Nationalbibliothek:
Die Deutsche Nationalbibliothek verzeichnet diese Publikation
in der Deutschen Nationalbibliografie; detaillierte bibliografische Daten sind im Internet über http://dnb.dnb.de abrufbar.*

*TWENTYSIX – Der Self-Publishing-Verlag
Eine Kooperation zwischen der Verlagsgruppe Random House
und BoD – Books on Demand*

*© 2018 Martina Siems-Dahle
autorin@siems-dahle.de
www.heiteresundweiteres.de*

*Lektorat: Kyra Dittmann
Cover und Satz: Martina Siems-Dahle*

*Herstellung und Verlag:
BoD – Books on Demand, Norderstedt*

ISBN: 978-3-740-749972-2

Personen

Julia Bauer, 55, hat bis zu diesem Abend geglaubt, dass sie die Schizophrenie, unter der sie viele Jahre litt, überwunden hat. Das Schicksal will es anders.

Agneta von Simon, 38, vertraut für ein paar Stunden ihre fünfjährige **Tochter Lucia** Dem Wohnungsnachbarn Ludovico David an, weil ihr Liebhaber Korbinian kommt.

Ludovico David, 45, ist ein exzentrischer, aber gleichfalls erfolgreicher Künstler, der zuweilen mit Unterstützung von Drogen und dem dystopischen Film A Clockwork Orange Schaffenskrisen überwindet. Er verspricht Agneta von Simon, auf Lucia aufzupassen.

Hans-Herbert Schöller, 74, ist Witwer. Um ihn und seinen Haushalt kümmert sich die Domina Natascha, wegen der er seine Enkelkinder nicht sehen darf. Er nimmt sich deswegen, wann immer es geht, Agnetas Tochter Lucia an.

Petra Kern, 47, hat drei Frauen zu Gast: Evamaria, Stella und Fariba. Sie genießen leckere Häppchen und reichlich Wein. Axel Kern, 43, ein Beau, hat keine gute Laune. Der Besuch nervt ihn.

Familie Bender: Zwischen dem achtzehnjährigen Benjamin und seinen Eltern, Hanno (55) und Anke (55), kommt es zu einem heftigen Streit. Die Eltern fühlen sich von ihm hintergangen.

Korbinian, 45, verheiratet, ist Film- und Fernsehproduzent und Agnetas Liebhaber.

Das Schicksal des Menschen ist der Mensch.
Bert Brecht

Und die Religionen sind von Menschen gemacht.
Martina Siems-Dahle

SÜNDE

JULIA

„Ich bitte dich, Julia. Du musst zum Arzt." Georgs warme Hände liegen auf ihren, die kalt und blass sind, obwohl sie eine Wärmflasche auf ihrem Bauch halten. Sie stellt die Knie hoch und rutscht näher an die Rückenlehne des Sofas, um ihm mehr Platz zu machen. „Das wird schon vorübergehen."

„Ich komme mit dir."

„Nein, ich schaffe das." Sie presst ihre Zähne fest aufeinander.

„Julia", Georg zieht langsam die Hände weg. „Ich mache mir Sorgen. Wir haben ein langes Wochenende wegen Pfingsten."

Sie schiebt die Wärmflasche beiseite. „Es ist nicht so schlimm!" Im selben Moment bohren sich Schmerzen durch den Unterleib. „Es geht bestimmt wieder vorbei. Ich will nicht dastehen wie ein Jammerlappen!"

„Es hat nichts mit Jammern zu tun, wenn du solche Schmerzen hast." Georg schüttelt den Kopf, zieht ein Stofftaschentuch aus der Hosentasche und reicht es ihr. Sie tupft sich über die Stirn. Kleinlaut ergänzt sie: „Du weißt doch, dass ich Angst habe. Die denken noch, ich bilde mir alles nur ein."

Georg steht auf und geht ein paar Schritte um den Couchtisch. „Denk nicht gleich so negativ." Er dreht sich zu ihr um und schaut sie mit warmem Lächeln an. „Du hast so stark für deinen Erfolg gekämpft. Ich bewundere das."

Julia richtet sich mühsam auf, die Beine immer noch angewinkelt, die Arme um ihre Knie gelegt. „Georg, ich weiß nicht, wovor ich mich mehr fürchte? Vielleicht sogar weniger vor einer ungünstigen Diagnose, als vor … dieser Entblößung. Vielleicht sind Unterleibsschmerzen das geringere Übel?" Sie blickt zu ihm hoch, Tränen benetzen ihre Augen.

„Liebes, du hast mir so oft erzählt, wie erleichtert du dich fühlst, wenn du dich deinen Ängsten stellst."

Sie nimmt nur am Rande wahr, wie er ihr das Taschentuch

abnimmt und die Hand reicht. Sie starrt auf einen unsichtbaren Punkt, irgendwo vor ihr.

„Herrje, Julia, so kann es nicht weitergehen!" Georg fasst sie an den Armen, doch sie springt vom Sofa auf.

Georg schaut sie verblüfft an, während sie unruhig durch das Wohnzimmer läuft und dabei ihre Haare rauft. Abrupt bleibt sie stehen und fragt milde: „Meinst du wirklich, dass ich ein starker Mensch bin?"

Er macht wenige Schritte auf sie zu und nimmt sie in die Arme. Seine Nähe dämpft ihre Unruhe.

„Also gut", sagt sie leise. „Meine Therapeutin hat mir eine Frauenärztin empfohlen. Ich rufe sie an."

„Du machst das richtig", er klingt spürbar erleichtert und drückt sie noch fester an sich. „Du bist so dünn geworden." Langsam löst er sich von ihr, die Hände auf ihren Schultern, betrachtet er sie.

„Willst du dich noch etwas frisch machen? Dann fühlst du dich bestimmt gleich besser."

„Natürlich. Entschuldige, ich bin in letzter Zeit irgendwie antriebslos." Sie klappt ihr Adressbuch auf, fährt mit einem Finger über das Register bis zum „P" und schlägt die Seite auf. Dort hat sie unter dem Namen ihrer Psychotherapeutin, Amelie Weiß, den Namen der Frauenärztin notiert. Sie nimmt das Telefon, zögert, drückt endlich auf das grüne Hörersymbol, ich kann das nicht, ich will das nicht. Ihre Finger zittern, sie muss sich konzentrieren, um die Telefonnummer zu wählen, wann bin ich eigentlich das letzte Mal bei Amelie gewesen?, ich muss da jetzt durch, Georg hat Recht. Sie steckt das Telefon zurück in die Ladestation. Angstfrei?, Frauenarzt, Horror, aber ich muss normal sein, wie andere Frauen, stark, ich kann das!

„Georg, könntest du für mich anrufen, während ich mich fertig mache?"

„Natürlich, ich rufe an."

„Danke. Es geht auch ganz schnell!"

„Möchtest du, dass ich nicht zum Treffen meiner ehemaligen Kollegen gehe?", ruft er ihr hinterher.

„Doch, natürlich triffst du sie." Julia huscht mit frischen Klamotten vom Schlafzimmer ins Bad. Flink zieht sie sich aus, wirft Jogginganzug, Slip und BH in die Wäschetruhe, würde sie die richtigen Worte finden, um der Ärztin die Schmerzen zu erklären? Kaum gedacht, fährt wieder ein Stich durch ihren Unterleib, der sie für den Bruchteil einer Sekunde in die dunkelste Zeit ihres Lebens katapultiert. Der Duft der Duschseife und das warme Wasser tun ihr gut.

„Es geht in Ordnung", hört sie Georg durch die Badezimmertür rufen. „Du kannst gerne kommen, sagt die Sprechstundenhilfe."

Was für ein Glück, dass sie vor dreizehn Jahren diesen lieben Mann kennenlernen durfte. Er ist für sie die Wiedergutmachung ihres Schicksals.

„Ich bin fertig." Angezogen, aber noch mit feuchten Haaren, betritt sie den Flur und nimmt Handtasche und Mantel.

„Komm doch später nach", schlägt Georg beim Zuknöpfen seines Mantels vor.

„Mal sehen, ob mir dann nach Gesellschaft ist", antwortet sie zögerlich.

Agneta

Agneta wirft ihren Blazer und das iPad auf die Rückbank des Mini Cabriolet. Sie lässt sich auf den Fahrersitz fallen, tritt die Kupplung, was für ein Tag! Zum Vergessen! Dieser Fatzke, Axel Kern, von wegen ‚geschäftliche Zusammenarbeit', sie legt die Gangschaltung auf Leerlauf und dreht den Zündschlüssel um, lässt mich mein Konzept präsentieren und will nichts anderes, als mit mir …, ach, ich will's mir gar nicht vorstellen, nun wohnt der auch noch mit seiner Frau im selben Haus, dem will ich nicht mehr begegnen! Aber warum eigentlich nicht?, ich habe mir nichts vorzuwerfen. Ein kurzer Druck auf den Knopf über ihr lässt das Faltdach mit einem Summen zurückfahren. Agneta atmet tief durch, schließt die Augen und wartet, bis das Verdeck sich vollständig geöffnet hat, ich hätte meinem Instinkt folgen sollen.

In der Tiefgarage hat sie ihn vor ein paar Wochen das erste Mal angetroffen. Zweifelsohne ist er eine elegante Erscheinung: teurer Anzug, graumeliertes Haar, Unterlippenbärtchen. Er ging direkt auf sie zu, stellte sich vor und lud sie zur Wohnungseinweihung ein.

Agneta runzelte die Stirn, als sie am folgenden Tag vor der Kern'schen Wohnung auf Schuhe blickte: Highheels, Pumps, Stiefel im Schlangenlook, Budapester Herrenschuhe, Chucks mit und ohne Schaft standen dort fein säuberlich aufgereiht. Barfuß auf einem Empfang mit Champagnergläsern anstoßen? Das war ihr noch nicht passiert. Petra Kern, die Gastgeberin, musste Vertrauen in die Körperhygiene der Gäste haben. Agneta schlenderte an Frauengrüppchen vorbei und schaute unweigerlich auf nackte oder in Nylon eingekleidete Füße, manche mit gepflegten Nägeln, darunter aber auch gelbe, sogar schwarze; Schiefzehen, Beulen dick wie Tischtennisbälle, ein dicker Zeh schob sich sogar quer über den zweiten Zeh.

Agneta schüttelte es. Wie konnte jemand den Gästen diesen Anblick zumuten? Rockträgerinnen ohne Schuhe erscheinen ihr selten apart. Die bestrumpften Männer hatten es da besser und mussten sich keine Blöße geben.

Im marineblauen Stiftrock und hochgeschlossener weißer Bluse strahlte sie eine erotische Keuschheit aus. Sie spürte die Blicke der Männer, die ihre Gespräche unterbrachen. Frauen musterten sie aus den Augenwinkeln. Es war gar nicht lange her, als sie es genossen hatte, im Mittelpunkt zu stehen. Aber mittlerweile ödeten sie diese Gesellschaften an.

Eine junge Frau mit knöchellanger schwarzer Schürze bot ihr auf einem Tablett Getränke an. Agneta griff sich ein Glas Wasser. Auf dem Balkon standen Raucher. Sie verspürte die Lust der Sucht, die sie seit der Schwangerschaft mit Lucia erfolgreich bekämpft hatte. An einem Bistrotisch standen drei Frauen. Der Tisch war dekoriert mit einem zusammengerafften weißen Tischtuch. Darauf stand eine schmale Vase mit einer einzigen Lilie. Ein wandbreites Gemälde hinter dem hellbeigen Couchensemble gab dem Raum eine wuchtige Lebhaftigkeit. Mit einem kurzen Blick auf die geschwungene Signatur hatte sie die Handschrift ihres Wohnungsnachbarn Ludovico David erkannt.

Die Frauen unterbrachen kurz das Gespräch, nickten Agneta zu, plauderten aber so weiter, als ob sie nicht anwesend wäre. Sie bemühte sich, nicht zuzuhören, aber das war nahezu unmöglich. Auch wenn die Grazien leise, zueinander gebeugt, sprachen, verriet ihr das gekünstelte Auflachen oder eine heuchlerische Anteilnahme die Belanglosigkeit der Gespräche.

Sie wollte gehen, da ihr der Duft der Lilie Kopfschmerzen bereitete. Doch da kam Axel auf sie zu und stellte sich auf Tuchfühlung an sie heran.

„Freut mich sehr, dass Sie da sind", er stellte sein Glas Champagner auf den Tisch und stützte sich auf den rechten Unterarm. „Meine Frau und ich fragen uns, ob Sie wohl allein mit ihrer Tochter leben?"

„Ja, das stimmt."

„Ich finde das sehr beeindruckend. Was machen Sie denn beruflich?" Das Gespräch der Tischdamen stoppte abrupt.

„Ich leite kein kleines Familienunternehmen", antwortete Agneta in Anlehnung an eine TV-Werbung und wich einen Schritt zurück. „Ich bin Inhaberin einer Branding Agentur." Sie schaute in fragende Gesichter. Oft musste sie Branchenfremden erklären, dass das nichts mit Brandschutz zu tun hatte.

„Sehr, sehr interessant." Der Gastgeber nahm einen Schluck Champagner. „Da könnten wir vielleicht zusammenkommen? Ich bin Managing Direktor einer Kosmetikfirma für Bioprodukte."

Sie zögerte kurz, ob sie ihm die Agenturdienste anbieten sollte. Ihr rechtes Unterlid zitterte, ein instinktives Warnsignal, vorsichtig zu sein.

„Sprechen Sie mich an, Herr Kern, wenn Sie ein Produkt lancieren wollen", hörte sie sich jedoch sagen.

„Darauf komm' ich gern zurück, Agneta", er zwinkerte ihr zu.

„Von Simon, Herr Kern. Sorry, dass ich da altmodisch bin." Sie spürte Petra Kerns misstrauischen Blick – die wie aus dem Nichts hinter Axel stand.

Er öffnete den Mund, schloss ihn wieder und hob das Glas zu einem wortlosen „Prost" an.

„Ich muss mich jetzt verabschieden." Agneta streckte Petra die Hand entgegen. „Danke für die Einladung."

„War mir ein Vergnügen", erwiderte Petra mit laschem Händedruck.

Agneta dreht den Rückspiegel und betrachtet ihr Spiegelbild, so viele Stunden habe ich in das Konzept investiert, alles für die Katz, und ich hatte es noch geahnt, sie dreht den Spiegel zurück, was schlechte Bilanzzahlen alles mit einem machen können, aber ich verkaufe mich nicht.

Sie wollte ursprünglich nicht selbständig werden; der Job als Senior Managerin einer Werbeagentur hatte ihr gereicht. Der damalige Chef ist Lucias Vater. Sie hatte ihn geliebt und sich über die Schwangerschaft gefreut. Aber eine Familie wurden sie nicht.

Bevor Agneta gänzlich zusammensackte, hatte sie nach zweijähriger On-Off-Beziehung beschlossen, sich für den sprichwörtlichen Spatz in der Hand zu entscheiden und beruflich und privat neu zu beginnen. Die Werbeszene stresste sie zunehmend. Sie hatte einst ein Bildnis gefunden, das die Wertigkeit des Einzelnen in dieser Branche ausdrückte: Er war wie ein Stern unter vielen; zusammen ergaben sie ein strahlendes Firmament, doch jeder blieb für sich allein. Wie gerne würde sie das Leben in ruhigere Bahnen lenken!

Agneta schaut auf die Uhr im Auto, Mist, ich komme schon wieder zu spät zum Kindergarten! So schnell es geht, jongliert sie das Auto durch den Feierabendverkehr.

Feierabend – was für ein warmes Wort und doch so fern. Wenn sie Zwiegespräche mit sich selbst hält, dann schimpft die emotionale Seite mit der vernünftigen. Pass auf, dass du nicht mit Ende Dreißig eine alte Schrulle wirst. Gedanken an Korbinian drängen sich in den Vordergrund. Je öfter sie ihn trifft, umso ungeduldiger wird sie. Der Genuss des Hier und Jetzt weicht langsam der Sorge um das Morgen. Die Sehnsucht nach einem geregelten Familienleben wächst.

Mit einer halben Stunde Verspätung erreicht sie den Kindergarten. Lucia steht fix und fertig neben der grimmig dreinschauenden Erzieherin Ela.

„Danke für Ihre Geduld", sagt Agneta, während sie um das Auto geht.

„Frau von Simon, auf ein Wort", Ela nimmt Agneta zur Seite.

„Okay", antwortet Agneta verwundert. „Lucia, steige schon mal ins Auto."

„Lucia hat schon wieder Maria gebissen. Sie spielen ganz friedlich miteinander und plötzlich greift sich Lucia einen Arm und beißt zu. Ich denke, dass Marias Eltern sich bei Ihnen melden werden."

„Das tut mir sehr leid. Ja, manchmal, glaube ich, weiß sie nicht wohin mit ihrer Energie. Danke, dass sie mir das gesagt haben."

„Übrigens", sagt Ela, während Agneta Lucia beim Anschnallen hilft. „Wir haben Läuse! Zu dumm, aber Sie sollten bei der Apotheke vorbeifahren. Schönen Abend noch!" Sie steigt aufs Fahrrad und im Wegfahren ruft sie: „Aber wir haben ja ein langes Wochenende, da ist es gut, dass sie nicht mit anderen Kindern zusammenkommen muss."

„Ach, herrje", seufzt Agneta, Lucias' Lockenschopf bietet ein gemütliches Heim für die Biester, das war's wohl mit ihrem Wunsch nach einem ereignislosen Abend, gemütlich bei diesen milden Temperaturen auf der Dachterrasse sitzen, lesen, ein Glas Wein ... und Lucias Übernachtung von Pfingstsonntag auf Montag bei einer Spielfreundin kann sie auch knicken.

Agneta steigt ein, legt den rechten Arm auf die Rückenlehne des Beifahrersitzes, guckt über die Schulter und fährt rückwärts aus der Parklücke.

„Passen Sie doch auf!", schimpft ein Mann am Rollator.

„Arschloch", kontert sie, doch leise genug, dass er es nicht hören konnte.

„Mama!"

„Pardon. Also, der Fahrplan lautet", Agneta hebt eine Hand, um sich bei einem Fahrer, der sie vorlässt, zu bedanken, „Supermarkt, Apotheke und – ich hab dich lieb!"

Stopp and Go. Sie trommelt mit den Fingern auf dem Lenkrad.

Den ganzen Tag nur Hektik.

Schon am Morgen war die Zeit knapp gewesen. Dennoch war es ihr wie stets gelungen, sich zwischen dem Zubereiten von Müslis und Butterbroten perfekt herzurichten.

„Wie findest du meinen neuen Hosenanzug?", hatte sie Lucia gefragt und prüfend in den Garderobenspiegel geschaut. Sie seufzte.

„Bist du traurig, Mama?", Lucia saß verträumt auf einem Barhocker, ließ die Beine baumeln, den Kopf auf eine Hand gestützt und schlürfte Müsli vom Löffel.

„Lucia, hebe den Arm, wenn du isst." Agneta band die sportlichen Schnürschuhe und ging zurück in den Wohnbereich. „Traurig? Weil ich geseufzt habe?" Sie schwenkte den Schminkspiegel, der an der Dunstabzugshaube angebracht ist. „Nein, Liebes."

Mit der jungen Jil Sander hatte man sie früher verglichen. Nun sah sie im Spiegel, dass die Haut gräulicher geworden und die Frische verschwunden war; feine senkrechte Fältchen über der Oberlippe hatten sich eingraviert. Wo ist das hanseatisch Aparte geblieben? Der stolze Ausdruck in den hellblauen Augen? Eine natürliche Schönheit, leicht unterkühlt, klar und zeitlos.

Geschickt ließ sie diese kleinen Makel unter getönter Tagescreme und Rouge verschwinden. „Und siehe da", sagte sie zum Spiegelbild, während sie den Haaransatz näher betrachtete, „die ersten Grauen!" Abermals musste sie seufzen. Dann setzte sie die Kontaktlinsen ein, zog Lidstriche und tuschte danach die Wimpern.

„Ich seh' dich, Lucia. Hör zu, du bist fast sechs Jahre und kommst bald in die Schule", Agneta trug Lippenstift auf, „da kannst du dich doch bitte grade hinsetzen, die Locken hinter die Ohren stecken und wie ein vernünftiges Mädchen essen!"

Blitzschnell streckte Lucia die Zunge raus und warf ihr einen trotzigen Blick zu.

„Heute Abend geht's sofort ins Bett, kleines Monster", Agneta strich ihr welliges Haar mit Gel nach hinten – und schmunzelte. Auf dem Hocker saß ihr kleines Double, hellblonde Haare, in denen ein Hauch Kupferrot glänzte.

Agneta biss in ihr Butterbrot und blickte zur Wanduhr. „Schon wieder so spät! Komm, Schuhe anziehen!" Sie stellte Kaffeebecher und Teller auf die Garderobenkommode, schnappte sich die Handtasche, Schlüsselbund und das iPad und beobachtete, wie sich Lucia die Schuhe anzog.

„Lucia, schau hin, wo du deinen linken und deinen rechten Fuß hast!"

„Man spricht nicht mit vollem Mund!", konterte die Kleine.

Hoffentlich wird der Abend etwas ruhiger. Agneta sieht im

Rückspiegel, dass Lucia kaum die Augen offenhalten kann und das Köpfchen zur Seite nickt. Ihr Smartphone klingelt auf dem Beifahrersitz. Ein kurzer Blick auf das Display. Hektisch fummelt sie die Hörerstöpsel ins Ohr.

„Korbinian!"

„Servus, Spatzl. Hast' Zeit?"

Sie fühlt das Pulsieren ihrer Halsschlagader, schaut erneut in den Rückspiegel und trifft auf Lucias schläfrigen Blick.

„Korbinian. Schön. Du, ich fahre gerade mit Lucia nach Hause. Lass' uns später miteinander telefonieren."

„Aber nehme dir nicht zu viel Zeit. Turbulenzen kündigen sich bei mir an!"

Agneta schmunzelt. „Ich muss mich jetzt auf den Verkehr konzentrieren. Bis später!"

Julia

Julia hat im Sprechstundenzimmer auf einem Sofa mit geschwungener Rückenlehne Platz genommen. Sie fühlt sich eher wie in einem Museum als in einem Arztzimmer. An den Wänden hängen antiquarische Zeichnungen von der Anatomie der Frau. Eine zeigt eine aufgeklappte Bauchdecke, einen Fötus, die Eierstöcke und den Geburtskanal. In den Vitrinen und Regalen stehen alte, in Leder eingebundene Medizinbücher.

„Was kann ich für Sie tun?" Ein Frauenarzt betritt das Sprechstundenzimmer, in dem sie Platz genommen hat. Julia merkt, wie ihr die Kinnlade hinunter klappt, wieso ein Mann?, ich will eine Ärztin, so war es mir doch versprochen worden, das will ich nicht! Unvorstellbar!

Der Arzt reicht ihr die Hand, doch sie kann den Gruß nicht erwidern. Er knöpft den Arztkittel auf und setzt sich seitlich zum Sekretär.

„Entschuldigung", sagt Julia leise, „ich … ich habe mit einer Ärztin gerechnet."

„Wie ich Ihrer Kartei entnehme, waren Sie noch nie hier?"

Julia schüttelt kaum merklich den Kopf.

„Ich habe die Praxis vor zehn Jahren übernommen. Es steht Ihnen natürlich frei, wieder zu gehen. Aber sehen Sie", er beugt sich zu ihr vor, „hier geht's ja um Ihre Gesundheit."

Sie erinnert sich an Georgs Worte, wie stolz er sei, dass sie immer wieder erfolgreich gegen ihre Ängste kämpft. „Ich habe seit vier Wochen ein Ziehen im Unterleib", ihr Blick ist auf ihre gefalteten Hände gerichtet, die Beine sind ineinandergeschlungen, die Daumen drehen sich permanent umeinander. „Ich bin Fünfundfünfzig – sie wissen schon, was ich meine. Der Schmerz ist unerträglich geworden."

„Dann lassen Sie uns ins Behandlungszimmer wechseln", ordnet er an, ohne dabei den Blick vom Computerbildschirm zu nehmen. „Gehen Sie schon mal vor und machen Sie sich unten herum frei."

Der Raum ist mit Jalousien abgedunkelt. Er sitzt neben der Liege, auf der ein weißes Papier liegt, als sie hinter dem Paravent hervortritt. Sie eilt zur Liege, die lang geschnittene Bluse vor der Scham festhaltend, und legt sich hin. Er führt einen Ultraschallstab in die Vagina. Julia dreht den Kopf zur Wand und hört seinen Befund.

„Da scheint eine Blutung im Uterus vorzuliegen, die nicht abfließen kann. Mit einem kleinen Eingriff sollten wir das aber schnell wieder hinkriegen."

„Jetzt gleich?", fragt Julia entsetzt.

„Ja."

„Bitte, geht das nicht unter Narkose, ich möchte nichts mitbekommen."

„Keine Sorge", unterbricht er sie, „eine örtliche Betäubung reicht bei diesem Eingriff völlig aus. Für eine Behandlung unter Narkose müsste ich Sie überweisen. Also, bitte, nehmen Sie dort auf dem Stuhl Platz."

Julia zieht auf dem Weg dorthin die Bluse noch weiter über die Blöße. Auch beim umständlichen Hochklettern auf den Untersuchungsstuhl gelingt es ihr, das sie bedeckt bleibt.

„Bitte, machen Sie es sich bequem."

Im Sitzen legt sie nacheinander die Beine in die jeweiligen Halter. Sie zögert. Langsam lässt sie sich zurückfallen.

„Frau Bauer, nehmen Sie bitte Ihre Hände weg. Ich gebe Ihnen jetzt die örtliche Betäubung."

Die Spritze dringt in die Innenseiten der Schamlippen. Durch den Mundschutz informiert der Arzt:

„Ein paar Momente müssen wir warten."

Julia hebt leicht den Kopf und blickt an sich hinunter. Sie sieht sich als vierbeinigen Käfer in trostloser Rückenlage. Ihr Körperzentrum wird angeleuchtet. Sie beobachtet die Arzthelferin, wie sie allerhand Instrumente auf einen Beistelltisch legt und Nierenschalen schwenkt.

„Bitte locker lassen", hört sie den Arzt sagen.

Julia starrt an die Zimmerdecke. Sie zuckt in dem Moment, als die Schamlippen mit einem kühlen Instrument auseinandergezogen werden. Sie kneift die Augen zu. Helle Punkte hinter den Lidern sausen auf sie zu.

Es tut nicht weh, wenn du dich nicht wehrst, zischt ein Gedanke.

„So, das kann jetzt ein bisschen wehtun, der innere Muttermund ist verklebt, den muss ich öffnen."
Julias Hände wollen die Armlehnen zerquetschen, die Schlagadern am Hals schwellen an, sie fühlt den Schmerz wie Glut in den Kopf steigen. Sie vergisst zu atmen, der Kehlkopf verkrampft, sie will schreien, nein, das darf ich nicht, was soll man denn von mir denken?, was macht der da?, was ist das?, ein Spieß in mir?, warum lasse ich das zu?, warum bin hier?
„Wie lange noch?"
„Entspannen Sie sich, dann tut es nicht weh." Vorwurfsvoll blickt er über den Mundschutz.

Du bist es selbst schuld.

„Wie bitte?", fragt Julia empört.
Nochmals schaut er zu ihr, hinweg über ihre Blöße, die senkrechte Stirnfalte bedeutet ihm, dass er nicht verstanden hat. „Also, gut, ich gebe Ihnen nochmals eine örtliche Betäubung."
Da liegt sie mit gespreizten Beinen, wie gefesselt und geknebelt. In Julias Gehörgängen rauscht es.
„Ich setze die zweite Spritze an."

Halt still, halt still, halt still – oder fahr' zur Hölle, rattert es in ihrem Kopf, ein Pfeifen wie von einem Zug schrillt in den Ohren.

Sie fühlt die Schamlippen kribbeln. Wieder dringt er mit diesem Spanferkelspieß tief in sie hinein. Die Betäubung wirkt nicht.
„Entspannen Sie sich doch. Dann tut es nicht so weh."

Es tut nicht weh.

Sie kneift die Augen zu. Ein Vorhang tut sich auf, bruchstückhaft springen Bilder auf die Bühne der Schmerzen; es brennt in ihr, ihr Hals wird zugedrückt, der Kehlkopf gequetscht, sie atmet nicht mehr, es hört nicht auf, ein Stich, ein Schwert stößt vor bis zum Brustbein.

„Hören Sie auf!"

Der Mann im weißen Kittel zieht erschrocken am Instrument, und scheint ihren Unterleib aufzuschlitzen. „Gut", er steht auf, zieht den Mundschutz unter das Kinn und zieht die OP-Handschuhe aus, „ich kann jetzt wohl nicht weitermachen. Ein weiteres Blutsäckchen hätte ich sonst noch geöffnet, damit alles abfließen kann. Aber dann muss das wohl reichen." Der Deckel eines Abfalleimers klirrt, er schmeißt Handschuhe hinein.

„Wir sind fertig." Er scheint beleidigt zu sein.

Sie japst wie ein Fisch an Land, die Augen aufgerissen, um Hilfe flehend, Formaldehydgeruch beißt sich ins Hirn.

„Bringen Sie sie in den Ruheraum", weist er die Helferin an.

Bringen Sie es weg!

Auf dem Weg mit dem Taxi nach Hause gleiten die Häuser und Menschen – Schattenwesen gleich – an ihr vorbei. Zuhause angekommen, sieht Julia die Rückleuchten eines Autos im Dunkel der Tiefgarage verschwinden. Sie wartet darauf, vom Taxifahrer das Wechselgeld zurückzubekommen.

Nach vielen Jahren Rastlosigkeit hat sie in diesem Sechsparteienhaus zusammen mit Georg ihre Heimat gefunden. Es steht an einer Allee in einem gutbürgerlichen Wohnviertel. Ein grauer Plattenweg führt schnurgerade zum gläsernen Eingangsbereich, der Einblick in das Treppenhaus gewährt und von einem Glasdach geschützt wird. Buchsbäumchen, zu Quadern geschnitten, säumen den Weg. Daneben verläuft die Mauer zur Tiefgarage, in die als Beleuchtung viereckige Strahler eingelassen sind. Ein geometrisches Fleckchen Erde, das Ruhe ausstrahlt. Sie fühlt sich hier geborgen und ist Georg unendlich dankbar, dass er dieses Reich nach ihren Wünschen eingerichtet hat. Die Wohnung, bunt, harmonisch in den Farbkompositionen, sodass sich Leichtigkeit im Herz einnisten kann. Unterputzstrahler, die farbenfroh wie eine Sommerblumenwiese leuchten.

Julia wirft einen Blick gen Himmel und sieht Schatten über das Haus fliegen. An diesem frühen Abend im Juni bauschen sich Gewitterwolken über der Stadt auf. Sie hetzt Richtung Hauseingang, vernimmt das Rascheln der verdorrten Blätter der Buchenhecke, die ihren Gartenanteil vom Weg abgrenzt. Mit tränengefüllten Augen sieht sie durch den verglasten Hauseingang die Konturen einer Frau, die vom Fahrstuhl aus ins Treppenhaus geht.

Agneta

Die Fahrstuhltür öffnet sich. Agneta von Simon stellt eine Einkaufstasche vor die Lichtschranke.

„Warte auf mich im Fahrstuhl", sagt sie zu Lucia. Sie geht zum Eingang, öffnet ihren Briefkasten und zieht einen Stapel Briefe und Werbung heraus. Sie sieht die Nachbarin, Julia Bauer, draußen vor der Haustür stehen, wie sie in der Manteltasche nestelt. Agneta öffnet ihr die Tür.

„Guten Abend, Frau Bauer", grüßt Agneta.

„Hallo, Julia", ruft Lucia. „Kann ich bald mal wieder zu dir kommen?"

Julia hebt den Kopf Richtung Fahrstuhl, doch der Blick bleibt weit und leer. Agneta schaut über die Schulter, beobachtet, wie die zarte Frau wie ein gedemütigter Hund zur Wohnung geht. Agneta stopft die Post in die Schultertasche und dreht sich zu Julia hin.

„Geht's Ihnen nicht gut? Sie zittern ja." Sie beobachtet, wie Julia vergeblich versucht, den Schlüssel ins Türschloss zu stecken.

„Kann ich Ihnen helfen?" Agneta drückt den Lichtschalter. „Es ist wirklich schon erstaunlich dunkel."

Weit aufgerissene Augen starren sie an. Der Mensch dahinter scheint nichts wahrzunehmen. Agneta legt die Hand sanft über Julias, um ihr beim Umdrehen des Schlüssels zu helfen.

„Nein, danke", sagt Julia kaum vernehmbar.

„Schon gut. Einen schönen Abend noch, Frau Bauer." Agneta geht zum Fahrstuhl und nimmt die Einkaufstasche. Die Tür schließt sich langsam.

Julia

Als Julia die Wohnungstür öffnet, fährt ein Stich durch den Unterleib, kurz, präzise wie ein Elektrostoß. Mit kleinen Schritten geht sie in die Diele, wirft Mantel und Handtasche auf die Kommode, tippelt weiter zum Gäste-WC, reißt die Tür auf und schnappt nach Luft. „Heeeee", sie greift sich an den Hals, es ist, als ob ein Wattebausch den Rachen verstopft. „Heeeee", er schwillt noch mehr an, sie röchelt. „Heeeee", durch die Nase ein, durch den Mund aus. Die Zunge liegt wie ein dumpfer Klumpen in der Mundhöhle, Julia würgt, fällt vor das WC-Becken. Durch die Nase ein, durch den Mund aus. Sie beugt sich vor. Wenn sie doch die Pein ausspucken könnte! Stattdessen sinkt sie weiter in sich zusammen und weint bitterlich. Ihre Hände zwischen die Oberschenkel gepresst, hüllt ein Nebelschleier sie ein:

„Du musst pressen", hörte sie eine Frau sagen.
Ihren Kopf angehoben, die Augen zusammengekniffen, fühlte Julia Schweiß über die Schläfen perlen. Haare klebten auf ihrer Stirn.
„So dauert es Stunden. Pressen! Gut! Zange", sagte die Frau.
„Wie lange noch?", stöhnte Julia.
„Das Köpfchen ist zu sehen."
Etwas zerrte in der Tiefe, riss sie auf. Jemand hatte ein Laken zu einem Vorhang hochgezogen.
„Ein Mädchen", flüsterte die Frau. „Bringen Sie es weg!" Es war die Stimme ihrer Mutter gewesen.
Julia konnte es schreien hören, bekam es jedoch nicht zu sehen. Der Formaldehydgeruch eines Desinfektionsmittels reizte die Nasenschleimhäute.

Durch die Nase ein, durch den Mund aus. Langsam löst sich der verkrampfte Körper. Julia richtet sich auf und zieht sich an der Toilette hoch, reißt Toilettenpapier ab und wischt sich über den Mund. Im Rauschen der Spülung verschwindet die Erinnerung. Der Wasserstrudel zieht das grelle Licht des Kreißsaals in die Tiefe. Sie klappt den Toilettendeckel zu, zieht sich weiter empor und lässt sich auf den Sitz plumpsen. Gekrümmt, die Ellenbogen aufgestützt auf den Oberschenkeln, die Handballen auf die Ohren gepresst, taucht von irgendwoher, aus einer Unendlichkeit, in der es keine Seele gibt, keinen Stern, keinen Gott und keine Hoffnung, diese Stimme auf. Je mehr sie die Ohren zudrückt, umso lauter pulsiert das Blut, umso klarer pochen die Worte im Kopf.

Ju-li-a! Es fängt erst an! Der Sünder erntet das, was er gesät hat.

Das Pochen wird leiser, monotoner, sanfter, beruhigender.

Ju-li-a, ich grüße dich, ich grüße dich, ich grüße dich.

Schließlich ist die Stimme verschwunden. Julia atmet tief ein und aus, erhebt sich, dreht den Wasserhahn des Waschbeckens auf, hält die Hände unter den kalten Strahl, schlägt sich Wasser ins Gesicht, schaut auf und sieht ihren eigenen bösen Blick im Spiegel:

> Wenn die Kinder artig sind,
> kommt zu ihnen das Christkind;
> wenn sie ihre Suppe essen
> und das Brot auch nicht vergessen,
> wenn sie, ohne Lärm zu machen,
> still sind bei den Siebensachen,
> beim Spazierengehn auf den Gassen
> von Mama sich führen lassen,
> bringt es ihnen Gut's genug.
> Und ein schönes Bilderbuch.[1]

Ludovico David

Ludovico kommt der Gedanke, die nackte Leinwand zu signieren, das Datum darauf zu pinseln, fertig ist das Abbild seiner Seele. Wie ein überdimensionales Leichentuch liegt sie auf dem mit Malerfolie geschützten Fußboden.

Mit dumpfen Paukenschlägen kündigt sich ein heranziehendes Gewitter an. Durch die geöffneten Dachterrassentüren weht ein Luftzug. Die Folie raschelt. Vier Studioscheinwerfer bilden Lichtkegel auf der Fläche. Er tunkt den Kulissenpinsel in einen Eimer mit roter Farbe, setzt zum Strich an, zögert – und schleudert den Pinsel über die Leinwand. Ludovico schmeißt sich auf den ausgemusterten Zahnarztstuhl.

„Au! Verflucht!" Ausgerechnet die Hand, die seit dem bescheuerten Unfall ein dicker Verband ziert, stößt er sich an der Lehne.

Auf dem Weg nach Hause, vor einigen Tagen, hatte er Orgelmusik aus der Kirche gehört. Das konnte nur Stella sein. Obwohl er Kirchen meidet, war er auf die Empore geschlichen und lauschte dem Orgelspiel. Wenn es Engel gab, dachte er, dann mussten sie wie Stella aussehen, die dort leidenschaftlich Bach interpretierte. Er stellte sich neben sie, berührte zärtlich ihre Schulter.

„Ich will mich bei dir entschuldigen", hatte er gesagt. Sie schaute nicht zu ihm hoch, trotzdem spürte er, dass sie lächelte.

Der Gekreuzigte hing an der gegenüberliegenden Seite des Kirchenschiffs. Wie immer den Blick nach unten gerichtet, als ob er sich schämte.

Ludovico setzte sich neben sie und liebkoste ihr linkes Ohr. Stella richtete den Blick immer noch auf die Noten. „Das wurde aber auch Zeit."

Er ließ seine Lippen ihren Hals hinuntergleiten. „Der perfekte Ort." Er legte liebevoll die linke Hand an ihr Kinn und drehte ihren Kopf zu sich. „Verzeihst du mir? Ich muss dir sehr wehgetan haben mit meinen unüberlegten Worten."

Sie lächelte ihn an und ihr Blick verriet ihm, dass sie ihm vergab. Seine Lippen suchten ihre, fanden sie, berührten sie, erst zärtlich, abtastend, dann hemmungslos.

Ein Knall hallte durch die Kirche. Jemand hatte eine Tür zugeschlagen. Schritte klackten auf dem Steinboden.

Mit unerwarteter Härte drückte Stella Ludovico von sich, er kippte schräg nach vorne. Um nicht von der Bank zu fallen, wollte er sich mit der linken Hand auf den Fußpedalen abstützen.

„Oh weh!" Stella sprang auf, zu allem Überfluss auf seine Hand, woraufhin seine Finger zwischen den Pedalen eingeklemmt wurden. Die Orgelpfeifen entließen eine Art ohrenbetäubender Zwölftonmusik – zum Glück: sie übertönte Ludovicos Jaulen.

„Alles in Ordnung da oben?" Es war der Küster.

„Ja", Stella beugte sich über die Balustrade. „Ich habe mich nur erschrocken." Ludovico wandte sich derweil mit schmerzverzerrtem Gesicht und zusammengepressten Lippen zu ihren Füßen.

Stella hatte das sehr leidgetan und ihn einen Tag später zum Arzt begleitet, weil der Schmerz unter den Nägeln unerträglich geworden war. Er glaubte sich im Mittelalter, als der Arzt kleine Löcher in die Nägel bohrte. Aber die Erleichterung ließ nicht lange auf sich warten, und der Druck verschwand aus den Kuppen.

Wenn der Schlag gegen die Zahnarztstuhllehne nicht so höllisch wehtäte, könnte er brüllen vor Lachen, auch im Nachhinein. Sein Blick schweift hinaus auf die Dachterrasse. In einem Terracottatopf steht ein vertrockneter Tannenbaum, die Lichterkette funkelt treu seit dem letzten Weihnachtsfest. Stella hat ihm den Baum geschenkt. An diesem frühen Juniabend blinken die Lichter blass und sinnlos. Die notdürftig abgedeckten Balkonmöbel, Schränke und Kommoden, in denen Künstlerzubehör auf Einsatz warten, stehen da wie vergessen.

Er richtet sich auf, schreitet unruhig um die Leinwand herum, geht zum Dentalschrank. Auf dem stehen Eimerchen, gefüllt mit Pinseln verschiedener Dicken und Längen; Acrylfarben in Plastikflaschen sind nach Farbnuancen sortiert; die eine und andere nimmt er, schüttelt sie, stellt sie zurück; Spachtel, Messer, Skalpelle, Klingen, buntbetupfte Lappen liegen griffbereit.

Ein Wecker mit silberfarbenen Klingeln, die wie aufgesetzte Kopfhörer aussehen, tickt erbarmungslos. Er steht auf einem farbbekleckstem Holzschemel. Gemälde lehnen neben der Eingangstür, die direkt in das Atelier führt; sie prahlen mit satten Farben. Siebzig in sich gedrehte Bronzestelen stehen aufgereiht an der Wand gegenüber der Dachterrasse.

Er geht zur Wohnküche. Ein dickes Stromkabel hängt über dem Küchenblock, das darunter liegende Kochfeld ist unbenutzt, trotzdem fleckig. Er nimmt den zusammengerollten Fünfzig-Mark-Schein, ein Relikt aus seiner WG-Zeit in den neunziger Jahren, rollt ihn zwischen Daumen und Zeigefinger, schaut auf die silberne Zuckerdose, in der „Lady" liegt. Sie gibt ihm die Kraft, sich bis zur körperlichen und seelischen Erschöpfung zu verausgaben. Die Verführerische, mit der nüchternen Formel C17H21O4N, kann ihm für Momente Genialität vorgaukeln.

Er öffnet den Deckel der Dose, legt den Fünfzig-Mark-Schein hinein und stellt sie zurück. Die Fahrstuhltür geht auf und zu.

„Kakerlakenkacke! Kräuterspucke", hört er die Nachbarin Agneta fluchen.

Ludovico verzieht den Mund, packt eine Farbmischpalette vom Sideboard und pfeffert sie wie einen Frisbee durch die Terrassentür; sie segelt über das Geländer.

„Hey!", ruft jemand hoch.

Er schaut zögerlich über die Brüstung. Unten vor dem Eingang steht Benjamin Bender, der sein Rennrad abstellt. „Gut, dass ich einen Helm trage", ruft er nach oben.

Ludovico macht eine entschuldigende Geste und verschwindet. Brummend wirft er sich auf den Zahnarztstuhl, stellt den

DVD-Rekorder an und starrt auf den Monitor, der von der Decke herunterhängt. Beethovens Neunte Sinfonie ertönt. Ein junger Mann im weißen Overall wirft ihm einen zornigen Blick zu. Alex aus *A Clockwork Orange* soll ihn zum ungezählten Mal in die befreiende Ekstase bringen.

Agneta

„Kakerlakenkacke, Kräuterspucke!"
„Mama!" Lucia stemmt ihre Fäuste in die Seiten.
Agneta hält die abgerissenen Henkel der Einkaufstüte in der Hand. Die Joghurtbecher liegen zerplatzt auf der Fußmatte vor der Wohnungstür. Birnen, Bananen und Brötchen baden in der weißen Masse, das Papier mit den Wurst- und Käsewaren ist durchnässt. Zwei Äpfel rollen zum Fahrstuhl. Lucia läuft hinterher, klaubt sie auf und beißt in einen hinein.
„Bäh", sie spuckt den Bissen aus.
„Was soll das?", schimpft Agneta. „Das passt jetzt aber auch alles zusammen. Verdammter Mist!"
„Mama!"
„Immerhin sind die Milchtüten und Eier heil geblieben." Agneta fischt aus den Tiefen ihrer Handtasche den Wohnungsschlüssel und schließt auf. Sie stößt die Tür mit dem Ellbogen auf. Ihr Blick fällt auf die Reste des Frühstücks, die auf der Flurkommode stehen.
Lucia schlüpft noch während des Gehens aus ihren Schuhen, lässt den Benjamin Blümchen Rucksack von den Schultern auf den Boden rutschen, wirft den Anorak auf den Rucksack und rennt ins Wohnzimmer.
Agneta legt auf dem Weg zur Küche Blazer und Handtasche gedankenlos irgendwohin. Aus dem Unterschrank der Spüle holt sie einen Müllsack und marschiert zur offenstehenden Wohnungstür. Wieder muss sie an den ärgerlichen Ausgang des Gesprächs vom Nachmittag denken, an diesen eitlen Axel Kern. Kräftig drückt Agneta die dreckige Fußmatte in den Müllsack. In die Tonne könnte sie den Kern kloppen.
Zurück in der Küche nimmt sie das Läusemittel aus der Verpackung und liest das Infoblatt. Sie dürfe das Kind erst in die Kita geben, „wenn ein Arzt attestiert hat, dass keine Nissen mehr im Haar kleben", liest sie laut.
„Kissen im Haar?" Lucia schaut zu ihr hoch und kratzt sich

hinter dem linken Ohr.

„Nein, nein", Agneta schmunzelt, „Nissen. Ach, herrje, apropos *Kissen*: Die Betten muss ich neu beziehen. Lucia, deine Stofftiere müssen in den Müllsack."

„Nein! Die sollen nicht in den Müll!"

„Ich werfe die nicht weg." Agneta folgt dem Mädchen ins Kinderzimmer. „Für den Fall, dass sie Läuse haben, müssen die für ein paar Wochen auf die Isolierstation."

„Auf die was?", klingt es unter dem Berg Stofftiere hervor.

„Das ist eine Art Krankenzimmer. Auf alle Fälle gehst du in die Badewanne, da kann ich dir die Haare am besten waschen."

„Ich will nicht baden!"

„Es muss sein!"

Wenige Schritte – und Agneta schnappt sich das zappelnde Kind, zieht es in den Wohnbereich des Zweizimmerappartements und stellt es auf den Fliesenboden.

„Komm, zieh' dich bitte aus, während ich das Frühstück wegräume und Abendbrot mache!"

Agneta hat sich noch nicht umgedreht, da liegt Lucia auf dem erdbeerroten Langflorteppich und spielt mit zwei Autos.

„Lucia, steh' auf, ich will keine Läuse im Teppich haben! Los jetzt! Ach, mich juckt es auch schon hinter den Ohren!"

Lucias Ohren hingegen sind nicht auf Empfang geschaltet. Zwei Spielzeugautos haben gerade einen spektakulären Unfall.

„Es reicht!" Agneta reißt ihr die Autos aus der Hand und schiebt Lucia unter schrillem Protest ins Badezimmer. Lucia kreischt, haut um sich und beißt Agneta in die Hand.

„Sag' mal!" Agneta ist außer sich. „Bist du verrückt geworden?"

Lucia lässt sich fallen und trommelt mit den Fäusten auf den Boden.

„Ich fasse es nicht!" Agneta reibt sich über den Handrücken, auf dem sich deutlich Lucias Bissspuren abzeichnen. Kopfschüttelnd beobachtet sie ihr Mädchen, das sich langsam zu beruhigen scheint. Lucia zieht die Beine unter den Bauch, liegt dort wie eine Schildkröte unterm Panzer. Agneta greift unter

Lucias Hüfte, hebt sie hoch und stellt sie auf die Füße. Dann streift sie die Latzhose, die am Morgen noch so gelb wie die Badequietschente gewesen ist, und die Unterhose hinunter und setzt sie auf die Toilette.

„Lass' mich!", quengelt Lucia. „Ich mag dich nicht mehr!" Sie kneift die Augen zu Schlitzen, eine Zornesfalte legt sich zwischen ihre Augenbrauen. „Ich liebe dich! Aber ich mag dich nicht mehr!"

Agneta zieht die Augenbrauen hoch. Was hat das Kind nur? Reflexartig streicht Agneta über die Bisswunde auf ihrer Hand. Warum ist Lucia so jähzornig? Unberechenbar? Ihr fehlt offenbar der Vater – und mir der Mann, warum ist mir Korbinian nur so spät im Leben begegnet?, aber vielleicht ist es noch nicht zu spät?

Von irgendwoher klingelt gedämpft ihr Smartphone.

„Wo habe ich das hingelegt? Lucia, bitte zieh' dich aus, mach' Pipi!"

Lucia verschränkt die Arme. „Mach' ich nicht!"

„Pass auf, Fräulein, jetzt hat der Spaß ein Loch!" Sie packt das Mädchen an den Schultern, hält dann aber inne, lässt es los. Das Klingeln kommt aus dem Blazer; eilig geht sie ins Wohnzimmer. Sie findet ihn auf dem Boden vor dem Regal liegend, das als Raumteiler zwischen Schlafbereich und Wohnzimmer dient.

„Ach, Korbinian, das ist Gedankenübertragung." Sie setzt sich erschöpft auf das Bett.

„Spatzl. Wie sieht's aus?"

In Bruchteilen von Sekunden wägt sie ihre Möglichkeiten ab: Was ist mit den Läusen? Sie hat keinen Babysitter. Wer hätte so kurzfristig Zeit und auch Lust, sich um Lucia zu kümmern? Sie streicht mit einer Hand über die Tagesdecke.

„Warum hast du nicht früher angerufen, Korbinian? Mensch, ich – ach – nee."

„Spatzl, ich muss eben spontan entscheiden", er klingt ungeduldig, „ja oder nein?"

„Wann könntest du denn hier sein?" Agneta schaut auf die Wanduhr.

„In zwanzig Minuten. Ich würde dich so gerne sehen, weil ich für längere Zeit ins Ausland muss. Die Zeit mit dir ist für mich immer wie Urlaub."

Sie hört durch das Smartphone ein Hupen. Vermutlich wechselt er beliebig die Fahrspuren auf der Autobahn. „Das geht nicht, Korbinian. Das ... das schaffe ich nicht."

„Kann ich dir irgendwie helfen? Du klingst gehetzt."

„Ich habe keinen Babysitter – und Lucia hat Läuse."

„Bei den Läusen kann ich dir helfen. Ich kenn' das von meinen Kindern. Aber – naja – ich wäre lieber allein mit dir. Ruf mich an, solltest du eine Lösung finden."

Es klackt in der Leitung. Sie drückt die rote Hörertaste und wirft das Smartphone aufs Bett.

Benjamin Bender

„Benjamin, warum hast du nicht mit uns geredet? Warum heimlich? Wann bist du dort gewesen?"

Hanno Bender hat seinen Sohn, der vom Sport gekommen ist, im Wohnungsflur abgepasst, Er präsentiert ihm ein Schreiben auf gräulichem Papier.

„Hey, Putzi, Dackelmaus, du begrüßt mich jedenfalls, wenn ich komme." Der Zwergrauhaardackel flitzt um Benjamin herum, stellt sich auf die Hinterbeinchen und kratzt ihn mit den Vorderläufen.

„Gegenfrage", er lässt die Sporttasche fallen und nimmt Putzi auf den Arm, „warum öffnest du meine Post?" Er stellt sich breitbeinig vor seinen Vater und schaut ihn herausfordernd an.

„Entschuldigung, Benjamin", Hanno weicht zurück. Verärgert blickt er über den Rand der Lesebrille. „Der Umschlag sieht aus wie ein normaler Behördenbrief, da habe ich nicht auf die Adresse geschaut. Als ich las, worum es geht, ist mir das Herz in die Hose gerutscht."

Hannos Hand zittert, als er Benjamin das Stück Papier unter die Nase hält. „Einberufungsbescheid? Zur Ausbildung zum Soldaten der Truppe Kommando Spezialkräfte? Beginn 1. Juli, Pfullendorf?" Hanno läuft rot an. „Ich versteh' es nicht: Warum willst du töten? Warum haben wir das nicht ausdiskutieren können?"

„Das ist genau das Problem", antwortet Benjamin und setzt Putzi behutsam auf den Boden, „ausdiskutieren, stundenlanges, nervendes Hin und Her ohne Ergebnis." Langsam richtet er sich auf. „Ihr seid Ewiggestrige." Er blickt auf Hannos glänzende Geheimratsecken. „Ich will nicht töten, Hanno, ich will Leben retten. Außerdem: Ich möchte dich nicht mehr mit Hanno ansprechen, du bist nicht mein Freund oder Kumpel, du bist mein Vater, Papi."

Hanno klappt der Unterkiefer runter. Mit einer Hand stützt

er sich an der Wand ab und lässt den Kopf hängen. „Da frage' ich mich, ob wir Eltern, die für Frieden auf die Straßen gegangen sind, kläglich gescheitert sind? Wir haben Toleranz vorgelebt, das Einstehen für eine Sache, die der ganzen Menschheit dient." Er blickt über seine Schulter und schüttelt leicht mit dem Kopf.

Auf dem Weg zu seinem Zimmer streift Benjamin sein Sweatshirt über den Kopf und wirft es auf die Flurkommode. Darunter trägt er ein schlabbriges, olivfarbenes Trägerunterhemd, das an den Seiten ausgeschnitten ist. Die Trainingshose hängt im Schritt zwischen Knien und Po. Er wirft einen selbstgefälligen Blick in den Flurspiegel.

„Was willst du von mir? Du hast mir gar nichts zu sagen!"
Die Männer schauen sich irritiert an.
„Kam das von nebenan? Von Frau Bauer?", fragt Benjamin.
Sein Vater zuckt mit den Schultern und geht in den Essbereich.

„Bist du schon mal in anderen Wohnungen im Haus gewesen, Vadder? Sind die alle baugleich?" Benjamin hat sich ein Handtuch aus dem Badezimmer geholt und um die Schultern gelegt. Er drückt den Dimmer für das Licht über dem wuchtigen Eichentisch. An der Decke ist eine Schiene angebracht, von der vier kupferfarbene Lampenschirme hängen, die wie umgedrehte Blumentöpfe aussehen.

„Bis auf die Dachgeschosswohnungen sind alle Wohnungen ähnlich, glaube ich. Warum fragst du?" Hanno geht zur Kochinsel und schaltet das Licht der Dunstabzugshaube an.

Benjamin öffnet den Kühlschrank. „Wir wohnen seit zehn Jahren hier", er nimmt eine Flasche Mineralwasser, „ich finde, dass ihr wenig Kontakt zu unseren Nachbarn habt. Ihr werdet ja auch älter und braucht vielleicht mal Hilfe." Es zischt, als er den Schraubverschluss aufdreht. Dann lässt er das Wasser die Kehle hinunterlaufen.

„Wer hier Hilfe braucht, bist ja wohl du! Der Dienst an der Waffe gehört nicht zu unserer Familienethik!" Hanno knallt den Brief auf die Arbeitsfläche.

„Willst du was trinken?" Benjamin hält ihm die Flasche hin.
„Lenk nicht ab, Benni!"

Die Schieferarbeitsfläche, in die das Kochfeld eingelassen ist, bietet an der Längsseite Platz für vier. Hanno zieht einen Barhocker heran und setzt sich seitlich zum Kochfeld darauf.

„Mir ist klar", Benjamin lehnt sich lässig an den Kühlschrank, „dass meine Entscheidung, zum KSK zu gehen, euch Friedensaktivisten mitten ins Anti-Pershing-Herz trifft." Sein Kehlkopf gluckst beim Leeren der Wasserflasche, nebenbei tritt er mit den Füßen abwechselnd die Sportschuhe von den Fersen und schleudert sie mit einem Schwung unter den Esstisch.

„Wir", Hanno zeigt mit dem rechten Zeigefinger auf sich, „wir haben in den achtziger Jahren der Welt gezeigt, dass friedfertiger Protest mehr bewirkt, …

„Wenn ich die alten Filme sehe, scheint mir der gar nicht so friedlich gewesen zu sein."

„Jemanden mit Waffen zum Schweigen zu bringen, ist feige!"

„Bist du fertig?"

„Nun hör mal zu!" Hanno schlägt nicht nur mit der Hand auf die Schieferplatte, sondern auch mit der Stirn gegen die Dunstabzugshaube. „Verflucht!" Die Lesebrille sitzt schief und verbogen auf seiner Nase. Er nimmt sie ab und fummelt sie in die Brusttasche. „Grins nicht so", er reibt sich den Nasenrücken. „Anke kommt gleich nach Hause. Sie hatte eine Konferenz." Er steht auf, hebt das Kinn und tritt dicht an den Sohn heran. Benjamin schaut auf einen erhobenen Zeigefinger.

„Was ist, Herr Oberlehrer?"

„Tu mir einen Gefallen: Sag' ihr nichts. Noch nicht. Du weißt, sie hat morgen ihre Nachsorgeuntersuchung."

Da dreht sich schon der Schlüssel im Türschloss. „Was soll er mir nicht sagen? Oh, da freut sich aber jemand. Nicht hochspringen, Putzi!"

„Ich bin eh für offene Worte." Benjamin geht auf sie zu und umarmt sie.

„Das musst du gerade sagen!" Hanno schnappt sich den Brief und präsentiert ihn Anke. Er schaltet das Licht im Flur an.

„Einberufungsbefehl. KSK. Toll, nicht wahr?" Als ob er

seinen Unmut noch verdeutlichen muss, tippt er aufgeregt mit dem Zeigefinger auf das Wort ‚Einberufungsbescheid'. „Und übrigens, Anke, wir sind fortan nur noch Mama und Papa. Unsere Erziehungsmethoden sind unserem Sohn zu friedlich."
„Hier scheint dicke Luft zu herrschen."
„Klingt ‚Mama' nicht liebevoller?", fragt Benjamin seine Mutter. Er nimmt ihr den Parka ab und hängt ihn auf.

Sie schiebt die Ärmel des Sweatshirts hoch. Schatten liegen unter ihren Augen, langsam geht sie zum Esszimmertisch hinüber und stützt sich mit beiden Händen auf ihn, bevor sie sich kraftlos hinsetzt.

„Was soll ich dazu sagen? Da hast du uns also etwas vorgegaukelt? Dein übermotiviertes Training ist nicht für die Aufnahmeprüfung an der Sporthochschule gewesen?" Sie schüttelt kaum sichtbar den Kopf und kräuselte die blassen Lippen. „Mein Junge mit den frechen Sommersprossen auf der Nase, das passt so gar nicht zu einem Soldaten." Ihre Stirn liegt in Falten, sie nimmt Benjamins Hände in ihre und schaut ihn lange prüfend an. „Wie breit deine Schultern geworden sind! Und beim Frisör warst du auch schon." Sie zieht den Jungen zu sich herunter, eine Hand streicht über die Stoppeln. „Vielleicht sollten wir eine Kleinigkeit essen und dabei miteinander reden?" Leise fügt sie hinzu: „Ich hatte gehofft, das Leben in Ungewissheit läge hinter mir."

„Soll ich uns eine leckere Portion Spaghetti mit Garnelen kochen?", fragt Benjamin und geht an das Regal unter dem Kochfeld, auf dem das Kochgeschirr steht.

„Dein Friedensangebot ist scheinheilig", wettert Hanno. Er steht mit geballten Fäusten neben Anke. Blitzartig dreht er sich um, nimmt den Schlüsselbund von der Flurkommode, steigt über den Hund hinweg und verschwindet. Die Wohnungstür fällt laut ins Schloss.

Petra und Axel Kern

„Warum?", fragt Petra aufgebracht ins Telefon. „Wegen des Teppichbodens natürlich! Ich will nicht, dass unsere neue Wohnung nach wenigen Wochen schäbig aussieht."

Barfuß, im beigefarbenen Lederrock und mokkafarbener Seidenbluse, steht Petra Kern auf der Schwelle zwischen Wohnung und Balkon, die Türen sind weit aufgeschoben.

„Nee, nee", sie beugt sich vor, um einen Besenreißer oberhalb des rechten Knies mit dem Zeigefinger wegzudrücken, vergeblich allerdings. Dafür löst sich ihre Hochsteckfrisur und die silbergrauen Haare fallen über die Augen. „Die sollen die Schuhe ausziehen."

„Sei nicht so spießig, Mami", hört sie ihre Tochter Nele mahnen.

„Lern' du schön für deine Klausuren. Ich finde das so toll, wie du dein Studium geregelt bekommst."

„Du, Mami, ich muss dir etwas Wichtiges sagen."

„Klar, aber nicht jetzt. Ich habe eine Menge zu tun. Wir vier Frauen treffen uns zum ersten Mal privat. Da muss alles perfekt sein."

„Woher kennst du die Frauen?"

Petra steckt die Haarspange zwischen die Zähne, den Hörer klemmt sie zwischen Ohr und Schulter, dann dreht sie Haare im Nacken zusammen. „Das sind drei Frauen, die ehrenamtlich für Young & Mummy arbeiten. Ich hatte denen einen Scheck im Namen vom Lion's Club überreicht. Prompt haben die mich gefragt, ob ich mitmachen wollte. Die Teenagermütter und ihre Babys würden mein Herz berühren. Dabei habe ich überhaupt keine Nerven für Backfische und Babygeschrei."

„Dann lass' es doch bleiben. Man muss nicht immer das tun, was andere erwarten."

„Ich habe mich verpflichtet gefühlt. Außerdem", sie nimmt die Haarspange aus dem Mund und klemmt die Haarwurst hoch, „war die Lokalpresse da! Hoffentlich artet das heute

Abend nicht in sonderpädagogisches Geschwätz aus! Ich muss mich sputen. Bussi, Nele!"

Mit spitzen Fingern steckt sie den Hörer in die Ladeschale. „Verflucht!" Sie muss die Lesebrille aufsetzen, die an einer Goldkette hängt, um das Malheur begutachten zu können. Ein Kratzer zerstört den mit großer Geduld aufgetragenen dunkelroten Lack am linken Daumen.

Petra blickt prüfend durch den Raum. Der größte Teil der Vorbereitungen ist getan: Saugen, Staub wischen, Handtücher im Gäste-WC Kante auf Kante ordnen, Tisch eindecken, Häppchen zubereiten. Sie verdreht die Augen: Auf der Arbeitsfläche neben dem verchromten Spülbecken liegen noch die verpackten Leckereien.

Ein Blick auf die Armbanduhr mahnt sie zur Eile: Viertel vor Sieben, eine Dreiviertelstunde nur noch. Sie streift die Brille über den Kopf, legt sie zur Seite, geht zum doppeltürigen Kühlschrank und packt weitere Zutaten für die Amuse-Bouches aus. Ihre schlanken Hände schlüpfen in Latexhandschuhe, akkurat belegt sie runde Brotscheiben mit geräucherten Forellenfilets, Lachs- und Kalbscarpaccio, Cherrytomaten, Minimozzarella, Minispiegeleier von Wachteln; sie muss lächeln, sie denkt an die Vernissage des Ludovico, die sie besuchte, bevor sie und Axel in diese Wohnung gezogen sind. Ach, wie aufgewühlt sie gewesen war, als sie damals erfuhr, dass sie im selben Haus wohnen werden. Da könnte noch etwas Spannendes in ihrem Leben passieren!?

Geschickt drapiert sie die Häppchen auf Löffeln, die wie kleine, tiefe Teller aussehen und an einem geschwungenen Griff gehalten werden. Stoffservietten faltet sie zu kunstvollen Fächern. Sogar im Alltag essen sie und Axel nie ohne Platzteller und Stoffservietten mit gestickten Monogrammen, die in Silberringen stecken.

Sie greift zum Hängebord seitlich des Kochfelds, auf dem eine Reihe exklusiver Pfeffermühlen steht. Die roten, weißen und schwarzen kugelrunden Köstlichkeiten sollen den Leckereien den letzten Pfiff geben. Sie hält inne – die Gäste sollen das zu würdigen wissen – und stellt die teuren Pfeffermühlen auf den Tisch.

Noch zehn Minuten. Die Arbeitsfläche ist gewischt, die Lappen liegen gefaltet in einer Schale neben dem Spülbecken, das blitzt, als ob es niemals benutzt wird, die Latex-Dinger fliegen in den Abfalleimer. Sie schreitet um den dekorierten Tisch, Mint und Weiß sind dieses Jahr en vogue. Die Löffel mit den Häppchen hat sie wie bunte Blüten auf dem Tisch dekoriert.

Der Rotwein atmet bereits in der Weinente. Sie nimmt ein dickbauchiges Glas, der edle Tropfen fließt mit sanftem Gluckern hinein; Petra nippt genüsslich, eine köstliche Angewohnheit bei der Essenszubereitung: Der erste Schluck, der samtig die Kehle passiert und der Magenwand schmeichelt. Sie lässt der ersten eine zweite Kostprobe folgen.

Ihr Blick schweift über den Tisch hinaus, hinüber zur mächtigen Kastanie, die direkt an der Grundstücksgrenze in Blüte steht. Kündigt sich da ein Gewitter an? Die Kastanienkerzen zittern vor dem dunkler werdenden Himmel. Sie schlürft genussvoll einen weiteren Schluck.

„Guten Abend! Bekommen wir Besuch?", grüßt Axel, wie aus dem Nichts im Flur stehend. Petra schnellt um die eigene Achse, mit der Hand, in der sie das Weinglas hält, stößt sie die Weinente zu Boden, der Inhalt ergießt sich über den Teppichboden bis unter den Tisch. Das Glas zerbirst an der Wand, wo es ebenso viele rote Punkte auf die cremefarbenen, bodenlangen, aus feinstem Chiffon hergestellten Vorhängen sprenkelt, wie auch auf die Rückenlehne eines Stuhls aus beige gegerbtem Kalbsleder. Auch ihr Rock bleibt nicht verschont.

„Oh, mein Gott! Der teure Wein!", klagt Axel.

„Weltuntergang!", keucht Petra, bleich wie eine Wachsfigur. „Weltuntergang! Wie kannst du mich so erschrecken?"

Sie blickt in seine ebenso aufgerissenen Augen. „Axel! Wieso bist du schon zu Hause? Du hast doch ein Geschäftsessen, hattest du heute Morgen gesagt! Und wieso: der teure Wein? Schau, wie ich, – wie es hier aussieht!"

„Ich bin", er dreht den Oberkörper zur Wohnungstür und deutet mit gestrecktem Arm dorthin, „ganz normal durch die

Wohnungstür gekommen, ich habe selbstverständlich vorher ordnungsgemäß meine Schuhe ausgezogen …"

„Nein, nein, das … was … wie steh' ich jetzt da? Saugen, wischen, trocknen, mich umziehen!"

„Wenn das deine einzige Sorge ist", Axel kreuzt die Arme vor der Brust und betrachtete den Tatort, „ich finde, das Rot zaubert ein bisschen Farbe in die Bude."

Es klingelt.

Hans-Herbert Schöller

Hans-Herbert Schöller steht an seiner Werkzeugbank und summt vor sich hin, als er an Nataschas Vorschlag denkt. Die hat ihn in der vorangegangenen Woche mit einer, wie sie meinte, brillanten Geschäftsidee überrascht: Er solle Spielzeug herstellen, aus Titan, exklusiv, haltbar, teuer.

„Für einen Leichenbestatter im Ruhestand ist das doch eine sinnvolle Aufgabe, die zudem den Lebenden nutzt." Um ihrer Argumentation Nachdruck zu verleihen, kraulte sie ihn hinter dem rechten Ohr. „Wir können das Spielzeug an uns ausprobieren, mein kleiner Ballon."

Mit seinen vierundsiebzig Jahren ist er ausgefallenen, aufmunternden Praktiken gegenüber aufgeschlossen, jedoch: „Natascha, man muss zunächst investieren, dann noch ans Marketing und an den Vertrieb denken", hatte er zu bedenken gegeben.

„Mein Ballönchen, darauf bin ich doch spezialisiert!" Sie ergänzte, dass sie die Connections zur Zielgruppe permanent pflegte, ob persönlich oder via Chatroom.

„Nein", und er pustete entschlossen Eisenspäne von der Werkzeugbank, „ich bleibe bei meinen Adventskränzen."

Es gibt kaum ein Material, das Hans-Herbert nicht verschweißen kann. Er stöbert stundenlang auf Schrottplätzen und sieht bei der Prüfung des Rohmaterials die Form des Adventskranzes vor sich. Es geht ihm nicht um profitablen Verkauf, sondern um das Glücksgefühl, das er beim Zischen der bläulichen Flamme und beim metallisch verbrannten Geruch empfindet. Für Natascha ist das ein unerträglicher Gestank, wie sie ihm erzählte, der sie an die schlechte Luft ihrer Heimat erinnerte.

Er produziert die Kränze in vielen Variationen: runde, eckige, Miniformate, nicht größer als eine Streichholzschachtel, pyramidenförmige, manche sind zwei Meter hoch. Die fertigen Objekte spendet er Altersheimen.

„Das macht Sinn", hat er Natascha erklärt. „Schon zu meiner Zeit als Beerdigungsfachmann habe ich die Kränze als Werbemittel eingesetzt, in Altersheimen. Hat sich rentiert."

Hans-Herbert muss kein Geld dazuverdienen. Er besitzt Eigentumswohnungen, auch in diesem Haus, in der einen, im Erdgeschoss, wohnen die Bauers, in der Dachterrassenwohnung, im zweiten Stock, Agneta von Simon.

Großväterlich kümmert er sich um Lucia. Viel zu selten – was Hans-Herbert bedauert – holt er die Kleine von der Kita ab. Sie formen aus Knete große, kleine, dünne, dicke, krumme Adventskerzen, die Lucia in die metallenen Gebilde stecken darf. Das Tollste in Herberts Werkstattzimmer ist für Lucia der blanke Betonboden, auf dem sie nach Herzenslust malen darf.

„Wo sind denn Franz und Maxi?", hatte Lucia Onkel Herbert gefragt, als er das erste Mal auf sie aufpasste. Er hatte Lucia und Agneta auf dem nahegelegenen Spielplatz kennengelernt, als er dort mit seinen Enkelkindern war.

„Bei ihren Eltern", antwortete Onkel Herbert.

„Bist du sauer?" Lucia sah ihn aufmerksam an. Sie hatte ein feines Gespür für unterschwellige Emotionen.

„Naja, ich sehe sie halt selten", antwortete er ausweichend.

„Warum?"

„Lucia, das ist nicht so wichtig für dich."

„Doch!"

Herbert nahm Platz im Ohrensessel im Wohnzimmer, streckte eine Hand nach Lucia aus und zog sie an sich heran. „Auch zwischen Eltern und Kindern gibt es mal Streit. Ich habe zwei Söhne, und … wir haben unterschiedliche Meinungen. So ist das nun mal."

„Das kenne ich, meine Mama ist auch nicht immer meiner Meinung." Lucia boxte ihn leicht auf den Bauch, sprang auf und fing an, Purzelbäume durchs Wohnzimmer zu schlagen.

„Möchten Sie mir erzählen", fragte Agneta, als sie das Kind ein anderes Mal bei ihm abholte, „worüber Sie mit Ihren Söhnen gestritten haben? Lucia hat mir gesagt, dass sie ihre Enkel nicht zu sehen bekommen."

Er vertraute ihr an, dass ihn seine beiden Söhne und deren Frauen bitter enttäuscht hätten, was sie natürlich ganz anders sähen. Keiner hatte Lust gehabt, das etablierte Bestattungsunternehmen weiterzuführen. Darum hatte er es vor zehn Jahren verkauft und musste mitverfolgen, wie sein Lebenswerk heruntergewirtschaftet wurde.

„Ein Bestattungsunternehmen? Pleite?", fragte Agneta verblüfft.

„Ist mir auch unerklärlich, Frau von Simon, wenn etwas sicher ist, dann der Tod."

Julia

Julia hat sich ins Badezimmer zurückgezogen. In ihrem Wohlfühlraum hat sie die Farben Kretas verarbeitet: Das Blau der Kuppeln, das Türkis des Meeres am Preveli-Strand, Erinnerungen an das Paradies, in das Georg und sie vor zehn Jahren auf der Hochzeitsreise eingetaucht waren.

„Mach' es wie die Sonnenuhr, zähl die heit'ren Stunden nur", kommt ihr unvermittelt in den Sinn. Julia kann sich gut an den Spruch in ihrem Poesiealbum erinnern. Er zauberte in ihrer trüben Schulzeit ein bisschen Licht ins Herz. Besonders dann, wenn ihr Vater von düsteren Ahnungen heimgesucht wurde, über Gottesfurcht und Gottes Gnade predigte.

Sie schaut zum Fenster hinaus, nein, nein, nein, ich will nicht, ich darf nicht daran denken. Sonnenstrahlen brechen fächerartig durch die aufziehenden schwarzen Wolken, bevor sie von ihnen verschluckt werden. Unvermittelt ist es düster im Badezimmer. Für einen bizarr kurzen Moment fühlt sie Unbehagen, ihre Nackenhaare stellen sich auf, sie fühlt einen Schatten, der sich über sie legt, so flüchtig, dass sie es nicht zuordnen kann.

Dann tut es nicht weh!

Sie drückt den Lichtschalter.

Bringen Sie es weg!

Sie schaut sich um, lauscht, schüttelt den Kopf, warum habe ich mich überreden lassen?, ich werde ihn anzeigen!, ja, dieser Arzt muss bestraft werden, ich werde mich wehren, was hat der sich dabei gedacht, mich zu … Julia wirft den Kopf in den Nacken und brüllt hinaus: „Zu vergewaltigen!" Sie beugt sich über das Waschbecken, dreht den Wasserhahn auf und lässt die kühle Erfrischung über ihren Kopf laufen.

Als ob das etwas helfen würde.

Zögernd richtet sie sich auf, hebt langsam die Augenlider und schaut in den Spiegel. Ihr Gegenüber ist verschwommen. Allmählich nimmt die Gestalt Konturen an. Sie sieht ein junges Mädchen. Es hat eine Haut wie aus Alabaster. Julia beugt sich näher an das Abbild heran – und stiert in ein aufgerissenes Maul, in einen endlosen Tunnel. Panisch nimmt Julia ein Handtuch und poliert mit beiden Händen kräftig über das falsche Antlitz.

Elendiges Stück Dreck. Reinige dich!

Julia schleudert das Tuch zu Boden, das werde ich nicht zulassen, niemals, nie wieder werde ich das durchmachen!

Wie benommen tastet sie sich aus dem Badezimmer, wankt ein kurzes Stück nach links, durch den Flur, an der Wand entlang, ich habe es geschafft, ich bin stark, ich kann kämpfen. Sie drückt die Klinke der Schlafzimmertür, im spärlichen Licht leuchten ihr die Ziffern des Weckers auf dem Nachttisch gegenüber der Frisierkommode entgegen. Sie zerrt an den Knöpfen der Bluse und reißt sie sich vom Leib; darunter trägt sie ein weißes Unterhemd über dem BH. Die Bluse segelt auf das Bett. Sie tritt auf die Pedale des Mülleimers neben der Kommode, dass er mit einem Knall aufspringt, reißt ihren Slip entzwei und wirft ihn hinein. Aus einer Schublade nimmt sie einen frischen Slip und steigt schwankend hinein. Sie beugt sich über die Frisierkommode, betrachtet sich im Spiegel.

Dein Stigma, Julia! Lass'' es niemanden sehen!

„Du wirst mir nichts mehr einreden! Du bist mir gleichgültig geworden!"

Dann sieh' doch hin!

Das Feuermahl auf dem linken Unterarm windet und krümmt sich. Eine Hand greift nach der Haarbürste und zieht sie kraftvoll über das verhasste Stigma. Es braucht nur wenige Bürstenstriche, bis aus dem Mal feinste Blutstropfen perlen. Sie schweben davon, formen sich zu Worten und hinterlassen eine Botschaft auf dem Spiegel.

Die Elenden, die nimmer wahrhaft lebten,
Sie waren nackt und wurden schwer
gepeinigt. Von Bremsen und von Wes-
pen, die dort waren. Bei deren Stichen
troff von Blut ihr Antlitz, Die tränenun-
termischt zu ihren Füßen
Von ekelhaften Würmern ward verschlungen.[2]

Der Knall eines Donners lässt Julia zusammenfahren, die Bürste fällt zu Boden. Im Spiegel sieht sie niemanden anderen als sich selbst. Sie seufzt erleichtert und hebt die Bürste auf. Klebt da Blut an den Borsten? Dann fällt ihr Blick auf das verletzte Feuermal, die Briefe, wo habe ich die Briefe?, den letzten, nur den brauche ich, er wird mir helfen, ich spüre doch, dass du zurückkommen willst, den Allmächtigen spielen willst, aber das lasse ich nicht zu, der letzte Brief, wo ist er nur?, er wird dich vernichten, ich habe keine Angst, irgendwo müssen sie sein, meine Zeilen an mich, warum nur bin ich heute dorthin hingegangen?

Das ist dein Schicksal, Julia. Deine Buße wird nie aufhören.

Hektisch öffnet Julia eine Schublade nach der anderen, durchwühlt sie, lässt Kleidungsstücke zu Boden fliegen, meine Sammlung der Erinnerungen, ich muss sie finden!, meine Versöhnung mit mir selbst, meine Worte an dich, mein Kind, mein Schicksal. Sie rennt ins Arbeitszimmer auf den Schreibtisch zu. Die Tür klemmt. Julia ruckt und zieht am Messingring, fällt beinahe hinten über, als die Tür doch noch aufspringt.

Hier müssen die Briefe sein! Sie reißt etliche Ordner hervor, lässt sie zu Boden fallen. Einzelne Blätter verteilen sich über den Teppich: Arztberichte und Gutachten.

Erschöpft fällt sie in den Sessel und schließt für einen Moment die Augen. Ein zartes Lächeln legt sich über das Gesicht. Ein Ratschlag drängt in ihr Bewusstsein: „Wenn Sie wieder diese Stimmung in sich fühlen, dann bleiben Sie bitte nicht allein!", hatte Amelie Weiß, ihre Therapeutin, gesagt.

„Ich muss Georg anrufen!" Panisch verlässt sie das Arbeitszimmer, wenn er kommt, erzähle ich ihm, was passiert ist, dass ich Angst habe, dass alles wieder von vorne beginnt, weil … dieser … ach, wäre ich doch nicht zum Arzt gegangen!

Zielstrebig geht sie durch den Flur und nimmt ihr Smartphone aus der Handtasche! Weiter geht's ins Wohnzimmer. Der Teppichboden fühlt sich kuschelig an, beruhigend, bis Georg zurückkommt, kann ich die Zeit nutzen, mich frisch zu machen, wie spät mag es sein? Sie schaut aufs Handy: Viertel vor acht.

Im Vorbeigehen streicht sie über den Kopf ihrer lebenslangen Freundin: Gretel sitzt mit gespreizten steifen Beinen in weißen Kniestrümpfen in einer Ecke des, wie Georg sagt, Loriot-Sofas. Sie hat sich zwischen smaragdgrünen Kissen eingekuschelt, ihr Blick ist über den Couchtisch aus Acryl auf die Flat Screen an der Wand gerichtet. Die Ärmchen hält sie leicht angewinkelt, als ob sie sagen will: Nimm mich in die Arme. Julia nimmt Gretel, drückt sie fest an sich. Endlich ertönt die Freizeichenmelodie. „… clap along if you feel that happiness is the truth …"[3]

Julia schiebt die Terrassentür zur Seite. Eine großgewachsene Frau nähert sich dem Haus. Julia hat sie schon öfters gesehen und glaubt zu wissen, dass sie Herbert Schöllers Zugehfrau ist. Eine vertraute, zugleich befremdliche Stimmung steigt in ihr auf. Ein Schwindel, wie wenn man vom Dach eines Hochhauses unmittelbar in die Tiefe schaut, ein kurzer Gedanke, der Lust auf Fliegen macht: Jetzt springen – wie wäre das? Segeln können, einen Meter über dem Boden, sausend durch Häuserschluchten… Die Erde schwankt und dreht sich, ein

Flammenschwert rast über die Baumkrone, Julia torkelt, sie vernimmt ein ziegenähnliches Meckern und kann sich gerade noch an der Türzarge festhalten. Endlich meldet sich Georg am Telefon.
„Georg? Mir geht es nicht gut."
Im Hintergrund hört sie Lachen und ein Wirrwarr an Stimmen.
„Georg?"
Nur mit Mühe kann sie Georg verstehen: „Hier ist es gerade sehr laut. Ich ruf' dich gleich zurück."
Sie drückt auf das rote Hörersymbol, das Handy gleitet ihr aus der Hand und fällt zu Boden. Betrübt schaut sie hinaus. Der Wind trägt den herbsüßen Duft des frisch gemähten, feuchten Rasens herüber, die lila Blüten des Rhododendrons schaukeln. Die Enden eines Blitzes, die wie knorrige Baumwurzeln aussehen, scheinen die Krone der Kastanie zu berühren. Blätter, die der Winter vergessen hat, wirbeln wie eine Windhose über den Rasen auf Julia zu. Wie von einem kräftigen Schlag getroffen, stürzt sie auf die Knie, kreuzt die Arme über den Kopf, als ob sie Hiebe abwehren muss.

Im dunklen Gewand hatte der Pfarrer vor den Kindern gestanden und gegrinst. Julia fürchtete diese hinterlistige Miene, dahinter verbarg sich die Lust an Züchtigung, die jedes Kind zu spüren bekam, das den Text nicht konnte. Julia wusste ihn immer, in- und auswendig, doch die Sakristei hatte sie nicht nur einmal aufsuchen müssen. Der alte, faltige Mann fuchtelte mit ausgebreiteten Armen, die weiten Ärmel fächelten den Gestank von Mottenpulver und Schweiß durch den Raum. Immer wieder dasselbe Kirchenlied, das das Mädchen Julia unter Androhung von Schlägen wiederholen musste.

> Doch hüte dich vor Sicherheit,
> denk nicht: „Zur Buß ist noch wohl Zeit,
> ich will erst fröhlich sein auf Erd;
> wann ich des Lebens müde wird,
> alsdann will ich bekehren mich,

Gott wird wohl mein erbarmen sich."

Heut lebst du, heut bekehre dich!
eh morgen kommt, kann's ändern sich;
wer heut ist frisch, gesund und rot,
ist morgen krank, ja wohl gar tot.
So du nun stirbest ohne Buß,
dein Seel und Leib dort brennen muss.[4]

Ihr Handy klingelt. Sie hört es nicht.

Agneta

„Mama, wer war das?" Lucia steht bis aufs Unterhöschen ausgezogen neben Agnetas Bett.

„Korbinian."

„Kommt der?" Lucia hält den Stoffhasen Mümmel an einem Ohr und schleudert ihn im Kreis.

Agneta beugt sich vor, die Ellbogen auf die Knie gestützt, die Handflächen gegeneinandergedrückt und an Mund und Nasenspitze gelegt, schaut sie Lucia nachdenklich an. Schließlich steht sie auf und holt sich Mineralwasser aus dem Kühlschrank, schraubt den Verschluss auf und trinkt aus der Flasche.

„Hör mal zu, kleine Maus." Sie winkt Lucia heran. „Korbinian möchte uns gleich besuchen kommen." Sie dreht den Verschluss zu und stellt die Flasche zurück.

„Von mir aus."

„Das klingt aber nicht gerade begeistert."

„Gespräche unter Erwachsenen sind saulangweilig."

„Wenn wir einen Babysitter finden, zu dem du gehen kannst, wäre das okay für dich?"

„Klar, dann kann ich bestimmt länger aufbleiben."

„Schlawiner! Denken wir mal nach. Wen, meinst du, könnten wir fragen?"

„Sollen wir Julia fragen? Bitte, Mama! Die ist so lieb."

„Frau Bauer? Ich glaube nicht, der scheint es gar nicht gut zu gehen. Ich gehe mal zu Herrn Schöller, zum Onkel Herbert, wie du ihn nennst. Ich bin gleich wieder da."

Barfuß rennt Agneta die Treppe eine Etage tiefer und klingelt bei Hans-Herbert Schöller.

„Du hast doch einen Schlüssel, Natascha."

„Hier ist Ihre Nachbarin."

„Ja, ja, ich komme schon."

Die Tür öffnet sich. Vor ihr steht der untersetzte Nachbar mit einer Schweißerbrille auf den Augen.

„n'Abend, Frau von Simon." Er schiebt die Brille auf die Stirn.

„Entschuldigen Sie, Herr Schöller. Ich muss dringend etwas erledigen. Kann Lucia zwei Stündchen zu Ihnen kommen?"

Herbert wischt die Hände an der ausgebeulten Hose ab. „Jederzeit, das wissen Sie. Aber, tut mir leid, ich erwarte meine Haushaltshilfe. Das klappt leider nicht."

„Ja, aber ..."

Herbert macht einen Schritt auf sie zu. „Wirklich, tut mir leid. Hätte ich das ein paar Stunden früher gewusst, hätte ich Natascha absagen können."

„Schon gut. Vielen Dank trotzdem. Tschüss!"

Sie setzt sich auf die Stufen und hört den Fahrstuhl aus der Tiefgarage hochkommen. Er stoppt auf dieser Etage. Das kann nur Axel Kern sein. Seine Wohnung liegt neben Herberts. Agneta nimmt jede zweite Stufe nach oben und verschwindet in ihrem Apartment.

„Onkel Herbert kann leider nicht", ruft sie Lucia zu, zu blöd, aber da kann ich wohl nichts machen, was ruft Korbinian auch so spät an, und was denkt der sich, dass ich alles stehen und liegen lasse?, ich wünschte, ich könnte das.

„Lucia, wo bist du?", seine warme Stimme wäre gerade heute Balsam für meine Seele, in seinen dunkelbraunen Pupillen versinken – und in seinen Armen. Agneta hebt Lucias Rucksack auf, es muss doch eine Lösung geben?, einfach nur Frau sein, keine Mama, Schwäche zeigen dürfen, nicht Businessfrau sein. Sie öffnet den Rucksack, nimmt Lucias Frühstücksdose heraus und geht zum Spülbecken, Korbinians bayerischer Humor, wenn das doch mein Alltag sein könnte ... Sie schüttet Krümel in den Mülleimer und spült die Brotdose ab, ja, manchmal geht er arg barsch mit mir um, bringt mich zum Weinen, macht mich wütend, dennoch ...

„Und", hatte sie ihn eines Nachts gefragt, während seine Barthaare zwischen ihren Schulterblättern kitzelten, „wie sehr liebt man sich noch nach fünfzehn Jahren Ehe?" Sie hatte provozieren wollen. Er aber drückte sein bärtiges Kinn in ihr

Hohlkreuz, bis sie vor Lachen kreischte.

„Das ist kein Moment, um über andere Beziehungen zu reden", brummte er.

Agneta hatte abrupt aufgehört zu lachen. „Wie bitte?", fragte sie ins Kissen, „was meinst du mit Beziehungen?" Sie betonte die Pluralendung des letzten Wortes.

Aber er drehte sie auf den Rücken und ließ sie seine Leidenschaft spüren. Das hatte sie überzeugt.

„Mama?"

Lucia holt sie aus tiefer Gedankenversunkenheit zurück.

„Oh, du hast dich wieder angezogen? Und dann noch die schmutzige Latzhose. Egal. Macht nichts, Liebes, dann murksen wir jetzt die Läuse ab."

Das Smartphone klingelt. „Los, Lucia, ab ins Badezimmer." Sie holt das Telefon vom Bett. „Korbinian, bitte, setz' mich nicht so unter Druck."

„Sorry, Spatzl. Gut, wenn das mit dem Babysitter nicht klappt, dann komm' ich halt kurz vorbei um ‚Tschüss' zu sagen. Will Lucia überhaupt zu einem Babysitter?"

„Doch, ja, sie würde sich sogar freuen. Ich versuche nochmals, einen aufzutreiben. Ich rufe dich gleich zurück." Dass er so hartnäckig ist?, steht seine Ehe vor dem Aus?, so etwas denkt man nicht. „Du bist eine wunderbare Geliebte", hatte er ihr einst beim Abschied gesagt, Geliebte, nun denn, faktisch bin ich es, aber ich wünschte, er würde es nicht so unverblümt sagen.

„Lucia", Agneta geht zu ihr, sie hat sich aus dem Kühlschrank einen Joghurt geholt, „Korbinian kommt gleich vorbei."

„Und was mache ich dann?"

„Du bleibst natürlich hier. Oder – ich versuch's bei Ludovico, ob du zu ihm kannst."

„Ludovico ist cool."

Agneta hilft ihr, die Folie vom Joghurtbecher abzuziehen. Sie weiß, dass er die Kleine mag und sie ihn erst recht, vermutlich, weil er sie einfach machen lässt, was sie will.

„Okay, fragen wir ihn. Aber wenn er malt und gerade in seiner eigenen, ganz speziellen Welt ist, dann können wir's vergessen." Eilig räumt sie die Reste des Einkaufs weg. Sogleich schaut sie prüfend in den Schminkspiegel an der Dunstabzugshaube. Mit den Handflächen klatscht sie die Müdigkeit aus den Wangen. Hoffentlich nimmt Ludovico Lucia. Wenn der Künstler seine Launen hat, haben liebe Worte und Kinderaugen keine Chance.

„Ich koche dir schnell einen Fertigmilchreis. Falls Ludovico Zeit hat, kannst du den mitnehmen."

„Ich hole Mümmel." Lucia hüpft zum Sofa, auf dem ihr Stoffhase liegt.

„Lucia, wegen der Läuse: nichts Ludovico sagen. Das bleibt unser Geheimnis, okay?"

Hans-Herbert

Nachdem er Agneta eine Absage erteilt hat, da er Natascha an diesem Abend erwartet, geht er in das Arbeitszimmer, das er in eine Werkstatt umgebaut hat. Sein Blick fällt auf Marthas Foto auf der Werkzeugbank. Er nimmt das Bild in die Hand. Vor drei Monaten stand es auf ihrem Sarg. Martha schaut den trauernden Betrachter forsch an. Ob der Zwist mit den Söhnen die Ursache für ihren Schlaganfall gewesen ist? Dass sie vor ihm starb, ist nicht geplant gewesen. Er hat nie gelernt, für sich zu sorgen.

„Was hast du dir dabei nur gedacht, lässt mich so allein?", hatte er auf der Trauerfeier stumm das Foto mit dem Trauerflor gefragt.

Im Laufe der fünfzig Ehejahre waren ihre Gedanken und Seelen zu einer Einheit verschmolzen. Was der eine sagte, sprach der andere im selben Moment aus. Alle privaten Sorgen hatte sie von ihm ferngehalten. Kinder und Küche waren ihre Leidenschaft gewesen. Beim Thema Erotik hatte sich bei Herbert allerdings ein Defizit eingestellt. Er fand Natascha wenige Wochen vor Marthas Tod durch eine Zeitungsannonce – seine stillgelegten Phantasien vermag sie zu aktivieren.

Seit zwei Monaten kehrt sie in seiner Wohnung als die etwas andere Haushaltshilfe ein und aus. Sie versucht, ihre üppigen Kurven auf den langen, kräftigen Beinen unter biederen Mänteln und knielangen Röcken zu tarnen, dazu trägt sie flache Pumps. Die dicken, goldblonden Haare, die sie toupiert, umspielen die hohen, kräftig rot gepuderten Wangenknochen. Die ausgemalten, aufgestülpten Lippen verleihen ihr dennoch den Touch einer extravaganten Dienstleisterin – und erst recht die langen Fingernägel. Wie sie damit nach deutschem Gründlichkeitssinn die Wohnung putzen kann, ist Herbert ein Rätsel, aber es funktioniert, und er findet sie klasse. Zudem ist sie Krankenschwester gewesen.

Meistens bringt Natascha etwas zu essen mit. Anhand der Gerichte kann Herbert mittlerweile erkennen, welcher Laune sie ist. Bei Piroggen gefüllt mit Pilzragout schnurrt sie wie ein sibirischer Tiger – er glaubt zumindest, dass Tiger derart schnurren können. Wenn sie allerdings mit einer russischen Suppe kommt, die er verabscheut, besonders Rassolnik (Salzgurkensuppe mit Rindernieren), ist Vorsicht geboten. Dann kann er nicht viel an hausfraulichen und anderen Diensten erwarten. Für den Fall, dass er etwas Falsches sagt oder macht, droht sie ihm mit Pflegeverweigerung für alle Zeiten.

Aber Natascha ist vorwiegend gut gelaunt. Sie weiß, was sie an ihm hat: Ihr Gehalt ist eine auf ihren Namen überschriebene Eigentumswohnung am anderen Ende der Stadt und Herberts Versprechen, dass sie den Beruf, dem sie leidenschaftlich nachgeht, in jener Wohnung ausüben darf. Das ist für Herbert kein Problem. Auch Frauen brauchen heutzutage zur Selbstbestätigung einen Beruf. Herbert findet diese Ansicht sehr modern. Außerdem will er niemanden tagaus, nachtein um sich haben.

Was sie wohl an diesem Abend kochen wird? Und was sie unter dem Hausfrauenkleid trägt?

Herbert stellt Marthas Foto zurück, saugt den Metallstaub weg, dreht den Sicherheitsstromschalter auf Aus, geht ins altrosa gekachelte Badezimmer, wäscht sich die Hände, trägt Gel auf die spärlichen, aber immer noch dunklen Haare, scheitelt sie präzise, kämmt sie von tief links nach rechts. Danach schlurft er in Filzpantoffeln in die Küche und gönnt dem Bierbäuchlein ein kühles Pils. Das Telefon klingelt.

„Schöller", hustet er in die Sprechmuschel.

„Wir müssen reden, Vater."

„Sag' nicht, du rufst wieder wegen Natascha an!" Er hält den Hörer eine Armlänge von sich weg.

„Doch, und noch andere Dinge müssen geklärt werden."

„Ich kann machen, was ich will!", braust Herbert auf. „Den Satz habe ich von euch Kindern gelernt, als ihr mich mit dem Geschäft sitzen gelassen habt."

„Die Zeiten sind schon lange vorbei, dass ein Sohn das Geschäft des Vaters übernehmen muss. Aber das hast du bis heute nicht eingesehen."

Herbert ahnt, dass sein Ältester sich in Rage reden wird. Und schon kommt auch die erwartete Klage.

„Nie hast du uns Brüder gelobt. Alles war eine Selbstverständlichkeit für dich. Die Karriere meines Bruders zum Chefarzt würdigst du mit keinem Wort. Ich bin stolz auf ihn."

„Natürlich bin ich stolz – auch auf dich. Und was hättest du als Tischler …"

„… für Särge bauen können", unterbrach ihn sein Sohn. Herbert hörte ihn schnaufen. Sicherlich folgt als Nächstes das Thema Erbe.

„Was willst du eigentlich mit dem vielen Geld?", fragte sein Sohn prompt. „Du verbrauchst doch gar nichts. Und aus steuerlichen Gründen sind Schenkungen vor dem Ableben viel sinnvoller."

„‚Kapier' es endlich: Ihr kommt nicht zu kurz! Ich lege jetzt auf. Die Tür wird gerade aufgeschlossen, meine –", er räuspert sich, „Haushälterin kommt. Tschüss!"

Ludovico

„I'm singing in the rain, just singing in the rain, what a glorious feelin', I'm happy again …" Ludovico gleitet mit nackten Füßen über die Malerfolie, die im Licht der Scheinwerfer wässrig wirkt. Die Szene, die auf dem Bildschirm läuft, kennt er in- und auswendig. In diesem Moment tanzt Alex in *A Clockwork Orange* zu Gene Kellys berühmten Song aus dem Film *Ein Amerikaner in Paris*. Alex tritt im Takt einen am Boden liegenden Mann zum Krüppel. Parallel dazu vergewaltigt er mit seinen Droogs die Frau des Mannes. Für Ludovico ist Alex durch und durch eine Kunstfigur, eine Metapher dafür, dass man über Kunst, egal welcher, Aggression verarbeiten kann. Er wird den Film wieder und wieder abspielen, bis zur ersehnten Erschöpfung.

„Was in Gottes Namen löst dieser kranke Film in dir aus?", hatte Stella nach einem Vormittag der Zärtlichkeit Ludovico gefragt. Sie lag auf der rechten Seite, den Kopf auf die Hand gestützt. Ludovico richtete sich auf, ihn fröstelte.
„Ich bin doch in einem Heim in Deutschland gelandet, nachdem meine Eltern aus Matala vertrieben worden sind und mich auf ihrer Lebensreise nicht mitnehmen konnten. Hätten sie doch nur genauer hingeguckt! Die Erzieher packten uns Jungs an, wie und wo sie wollten. Wer nicht folgte, wurde geschlagen und gedemütigt."
Er zog die Bettdecke über die Schultern. Schnell und leise purzelten die Worte aus ihm.
„Aus Angst vor Läusen wurden uns die Köpfe geschoren. Selbst das war einigen Peinigern nicht genug." Seine Hände kneteten die Decke. „Der Trenkel war der Schlimmste gewesen, dieses Breitmaulfroschgesicht mit den dreckigen Fingernägeln und dem aasigen Atem. Ich war vierzehn Jahre alt und musste meine Hosen runterlassen. Trenkel hatte", er machte eine Pause und zog die Decke enger um sich, „eine Rasierklinge in der Hand und kratzte mir die Schamhaare weg, an-

geblich, weil ich Läuse hatte. Dabei wölbte es sich in seinem Schritt."

„Oh, wie fürchterlich, du Armer." Stella strampelte ihre Decke weg, setzte sich auf und schlang die Arme um ihn. „Die Rache ist mein, ich will vergelten, sprach der Herr."

„So etwas verstehe ich nicht, Stella."

„Das ist einer der tröstlichsten Sätze in der Bibel, die ich kenne." Sie ließ los, weil er seine Bettdecke über beide legte. „Für mich bedeutet er, dass du an demjenigen, der dir Unrecht getan hat, keine Rache verüben musst, das kannst du getrost Gott überlassen. Ob seine Rache zu Lebzeiten deines Peinigers stattfindet oder erst danach, spielt keine Rolle, sei beruhigt, er wird gerächt. Somit musst du dich keiner Sünde schuldig machen."

Ludovico strampelte die Bettdecke weg und schlüpfte in den Overall. „Gott kann mich nicht rächen, er existiert nicht für mich."

„Warum stehst du jetzt auf?", fragte Stella.

„Weil mich das wütend macht." Unbeherrscht zog er am Oberteil des Overalls, um in die Ärmel zu schlüpfen. Eine Naht riss. „Man hat mir tiefe Narben zugefügt – hier drin", er pochte mit der Faust auf den Brustkorb, „und da soll ich hoffen, dass im Universum jemand sitzt, der sich die Hände reibt und sagt: Fein, schon wieder jemand da unten, den ich rächen kann? Das hilft mir hier auf Erden nicht weiter, weil ich leide. Und die Täter können hier in Ruhe weitermachen." Ludovico drückt die Handballen gegen die Schläfen. „So ein Typ kommt vielleicht in den Knast, ist irgendwann wieder frei und lebt ohne schlechtes Gewissen weiter. Und ich? Mir nimmt niemand die Qualen der Erinnerung ab."

Mit der Decke um die Schultern rutschte Stella aus dem Bett. Auf dem Weg zur Dachterrasse zündete sie sich eine Zigarette an. Sie lehnte sich an den Türrahmen und schaute dem davon schwebenden Rauch hinterher.

„Hättest du die Narben nicht, wenn du diesem Trenkel die Eier abgebissen hättest, um damit auf eine Art Gleiches mit Gleichem zu vergelten?"

Ludovico trat an sie heran und schmiegte den sehnigen Körper an sie. Er ließ sich von ihr die Zigarette in den Mund stecken.

„Du bist unglaublich, Stella, du nimmst mir jeglichen Wind aus den Segeln." Er legte sein Kinn auf ihre Schulter und umarmte sie. Behutsam nahm er das Kreuz an ihrer Halskette in die Hand.

„Lebst du eigentlich in zwei Welten?"

Stella schwieg, ein ernster, grübelnder Schatten legte sich über ihr Gesicht. Nochmals atmete sie tief den Rauch ein und blies ihn langsam aus. „Agape."

„Bitte, was?"

„Agape. Ich empfinde sie ganz tief in mir drin."

Er zuckte mit den Schultern und ließ das Kreuz aus der Hand gleiten.

„Das ist die uneigennützige Liebe – Wertschätzung, genauer gesagt." Ihr Blick blieb geradeaus gerichtet. „Wie erkläre ich das?" Sie schaute in den Himmel und verfolgte die dahinziehenden Wolken, als ob sie dort die Antwort fände.

„Wertschätzung schließt Eros nicht aus; sexuelles Begehren kann ich verlieren, aber den anderen kann ich weiterhin wertschätzen. Ich finde, wer den nächsten liebt wie sich selbst, spürt, dass die Wertschätzung das Wertvollste ist, was ich dem anderen schenken kann."

Sie schaute über ihre Schulter, auf der seine Hand ruhte. „Nun, mein Lieber: Bei aller Wertschätzung, die Lust an dir ist flüchtig." Sie zwinkerte ihm zu und sah wieder in den Himmel. „Meine Gabe zur Agape befähigt mich, seelsorgerisch tätig zu sein. Und", er spürte, wie sie nach Worten suchte, „ich liebe meine Familie über alles, bedingungslos."

„Ich bin ja nur ein profaner Mensch", sagte Ludovico, nahm ihr den glühenden Zigarettenstummel ab und schnipste ihn über die Terrasse, dann drehte er sie an den Schultern zu sich um, „weil ich diese Wertschätzung nicht kennengelernt habe. Aber: Schreibt der da oben euch nicht vor, wie ihr euch zu verhalten habt, um in den Himmel zu kommen?"

Stella trat einen Schritt zurück und kniff die Augen zusammen. Sie legte den Kopf schief, betrachtete ihn eine kleine Ewigkeit lang. Ludovico wich ihrem Blick nicht aus, ein Schmunzeln konnte er nicht unterdrücken. Er beugte sich vor.

„Steckst du jetzt in einer Zwickmühle?", und wollte an ihrem rechten Ohrläppchen knabbern.

Stella drehte den Kopf weg. „Was wird das jetzt?"

„Du faszinierst mich mit deiner Widersprüchlichkeit. Du bist nicht weniger paranoid als ich."

„Ich glaube, jetzt fängst du an zu spinnen." Sie klaubte ein Kleidungsstück nach dem anderen auf.

Er folgte ihr und hinderte sie daran, die Jeans aufzuheben, indem er einen Fuß darauf stellte. „Das musst du jetzt aushalten."

„Was nimmst du dir heraus?", fragte sie empört.

„Ist es nicht so, dass der da oben", mit einer Kopfbewegung deutete er gen Himmel, „dein Tun bewertet? Die Guten ins Töpfchen, die Schlechten in Teufels Kröpfchen? Nein, er wählt nicht aus, denn das Aussiebverfahren macht niemand anders als der Mensch. Und das ist es, was mich so wütend macht: Die Menschen missbrauchen gut gemeinten Glauben. Es sind diese Erdenvertreter, die dein Handeln verurteilen - oder gut finden. Jeder nach seiner Konfession, jede gegründet von machtgierigen Menschen, um andere gefügiger zu machen. So einfach ist das: Gehorchst du, gehörst du dazu. Wenn nicht, wirst du bestraft, körperlich oder psychisch."

Er nahm den Fuß von der Jeans. Stella hatte sich derweil bis auf die Hose angezogen. Ihr Gesicht war rot angelaufen.

„Aber ich sehe ein", er hielt sie an einem Handgelenk fest, „man braucht etwas, an dem man sich orientieren kann."

„Lass' los!"

„Stella, niemand mehr als ich freut sich darüber, dass du deine Freiheit lebst. Aber aus religiöser Sicht bist du janusköpfig."

„Wer bist du, mir eine derart abartige Moralpredigt zu halten?" Sie zog den Reißverschluss der Jeans zu, er trat dicht an sie heran. Seine Finger krallten sich in ihre kurzen Haare, so fest, dass sie den Kopf nach hinten biegen musste.

„Ich habe auch so etwas wie einen Rachegott", flüsterte er hart, „Ludovico, diesen Namen, ich habe ihn aus *A Clockwork Orange*. Dieses anarchische Vernichten provoziert, fasziniert mich." Er legte seine Hände um ihren Hals. „Fühlst du das, wenn Angst den Kehlkopf eindrückt? Später im Film werden Alex' Augen mit Klammern aufgerissen und immer wieder, immer wieder wird er brutalen Filmszenen ausgeliefert. Die Ludovico-Methode, eine Aversionstherapie gegen Gewalt. Dann", er drückte fester zu, „dann …"

Erschrocken ließ er von ihr ab. „Entschuldigung!"

Stella hatte wie eine Schaufensterpuppe still gestanden. „Du lebst mit „…ionen": Visionen, Aggressionen, Halluzinationen, Depressionen, sie machen dich kaputt, Ludo."

Nun griff sie fest seine Handgelenke, um sich zu befreien. „Aus deinem Zweifeln ist Hass geworden, nicht gegen dich selbst, sonst gegen das, was du nicht verstehst und nicht verstehen willst. Wenn du nicht aufhörst, den Hass immer wieder aufs Neue aufzustauen, bis du nur noch unter Drogen und in Begleitung dieses schrecklichen Alex deine zerstörerische Wut loswirst, droht der Tag, an dem du dir selbst nicht mehr genügst und du jemandem fürchterliches Unrecht antust."

„Hast du Angst vor mir?", fragte er.

„Nein, bei Gott nicht. Aber um dich." Sie wandte sich von ihm ab und blickte auf ein unvollendetes Bild auf dem Fußboden.

„Vielleicht kannst du deinen Gott der Rache durch etwas anderes ersetzen. Durch einen Gegenstand, oder malst dein Inferno. Das hier", und sie zeigte auf das Bild, „das scheint perfekt zu sein. Ein Drüber und Drunter, ein blutrotes Chaos. Pack es in einen Raum, verschließe ihn, wirf den Schlüssel weg."

Er merkte an ihrem mahlenden Unterkiefer, wie aufgewühlt sie war.

„Liebesrausch, so nenne ich es", sagte er.

„Mit mir aber nicht mehr." Sie ging und ließ ihn ratlos zurück.

Die gewittrige Schwüle passt zu seiner desolaten Stimmung. Da liegt er nun auf dem Zahnarztstuhl, ein Horrorplatz für die meisten Menschen, wenn die schrillen Töne des Bohrers die Trommelfelle martern. Ein absurder Ort: Wo andere Angst bekommen und die Körper fest werden, kann er normalerweise entspannen. Er zieht vor Schmerz Luft durch die Zähne. Das Blut der Finger seiner linken Hand pocht.

Stellas Predigt hatte ihm für eine Weile gutgetan, der Streit löste eine Art Reinigung seiner Seele aus. Er spürte Erinnerungen davonschweben.

Doch diese Hoffnung ist verschwunden. Die Wunden der Demütigungen sind an ihren verkrusteten Platz zurückgekrochen. Ärgerliche Kraftlosigkeit lähmt ihn. Es bleiben ihm als Ersatz nur die Reisen ins kluftige Seelental. „Lady" ist dabei eine zuverlässige Begleiterin.

Ludovico blickt hinüber auf die Silberdose, dann auf den Wecker. Eigentlich noch zu früh, denkt er.

„L.D.? Ludo?" Es ist seine Nachbarin, die klopft.

„Agneta", stöhnt Ludovico und rollt sich aus dem Stuhl. Er schlurft zur Tür und öffnet. „Was gibt es?"

„Hallo, Ludo, hast du zwei Stündchen Zeit für Lucia? Bitte? Lucia ist doch so gerne bei dir. Und du hast gesagt, dass du sie inspirierend findest."

Lucia schaut zu ihm hoch, den Stoffhasen Mümmel unter den rechten Arm geklemmt. Sie pustet eine Locke aus der Stirn.

„Das kommt jetzt aber ein bisschen plötzlich, Agneta. Ich will heute Abend wieder etwas auf die Leinwand bringen. Die nötigen Vorbereitungen habe ich schon getroffen."

„Okay. Da kann man nichts machen. Viel Erfolg! Komm, Lucia", sie nimmt das Mädchen an die Hand und sie gehen zu ihrem Appartement. „Korbinian kommt sicherlich bald. Wir wollen Abendessen vorbereiten."

„Korbinian kommt?", fragt Ludovico nach.

„Ja", Agneta bleibt stehen.

„Ich verstehe. Gut, ich mach's."

„Du bist ein Schatz, Ludo", Agneta schiebt Lucia rüber zu Ludovico. „Ich hole schnell Milchreis und ihre Zahnbürste – und du hast etwas gut bei mir."

Schnell kehrt sie mit den Sachen zurück und stellt sie auf einen abgenutzten Sessel, der in Ludovicos Flur steht.

„Was willst du von mir? Du hast mir gar nichts zu sagen!"

„Mach bloß diesen scheußlichen Film aus, Ludo."

Ludovico runzelt die Stirn: „Ja, klar. Aber das sagt niemand in dem Film. Ich glaub', das kam aus irgendeiner Wohnung."

„Na, dann", sie beugt sich zu Lucia, stupst die Nase an ihre und flüstert hinter vorgehaltener Hand. „Kein Wort über die Läuse, ja?" Im Gehen ruft sie ihm zu. „Danke und tschüss. In zwei Stunden hole ich Lucia ab. Versprochen!"

Ludovico schaut hinunter auf den kleinen Gast. „Da musst du heute besonders kräftig die Farben auf die Leinwand bringen, Lucia", er hebt seine verbundene Hand.

Petra Kern

„Ja, bitte?", fragt Axel durch die Gegensprechanlage.
„Ich bin eingeladen", klirrt eine Frauenstimme.
Axel drückt den Türöffner. „Petra? Wen hast du alles eingeladen? Warum hast du mit mir nicht darüber gesprochen? Du weißt, wie wichtig mir meine Ruhe ist!"
Er hört schleppende Schritte die Treppenstufen hochkommen, dann summt die Klingel der Wohnungstür. Axel schaut durch den Spion – und sieht niemanden. Er öffnet. Vor ihm steht eine kleine Frau, eingehüllt in einen Regenponcho.
„Pardon, dass ich zu früh bin. Evamaria Schmid, Evamaria zusammengeschrieben und Schmid mit D, ohne T. Und Sie? Sie sind Petras Mann? Ich trete ein, ja?", plappert die Frau drauflos und schiebt sich an ihm vorbei, ohne seine Zustimmung abzuwarten.
Axel schwenkt den rechten Arm in höfischer Geste hinter ihr her. „Natürlich, tun Sie sich keinen Zwang an. Axel Kern. Sie sind ja völlig außer Atem. Warum haben sie den Fahrstuhl nicht benutzt?"
Evamaria legt die flache Hand auf den Brustkorb. „Puh, der war besetzt."
Er hebt die Arme wie ein Butler, um Evamaria aus dem Regenmantel zu helfen.
„Sehr nett", bedankt sie sich.
„Keine Ursache. Ich häng' das Ding in den Garderobenschrank."
Evamaria macht einen Schritt in Richtung Wohnraum und lässt den Blick umherschweifen.
„Oh, das ist aber schick hier! Naja, ist ja auch nicht irgendein Stadtteil!"
Axel mustert sie: Sie trägt eine Leinenhose, die Hosenbeine enden kurz über den Knöcheln. Die Füße stecken in Gesundheitslatschen. Das Sweatshirt mit Rundausschnitt und Trompetenärmeln muss wie die Hose irgendwann schwarz gewesen

sein. Ein gehäkelter Beutel baumelt am linken Handgelenk. Neugierige Augen zwinkern Axel hinter runden rahmenlosen Brillengläsern zu, zwei Haarklemmen halten das mausgraue Haar mit Spuren von Henna aus der Stirn. Sie schlendert in das großzügige Wohnzimmer mit offener Küche. Petras birnenförmiger Hintern streckt sich dem Gast entgegen. Sie kniet unter dem Esszimmertisch und schaukelt vor und zurück. Der Tisch markiert das Zentrum des Essbereichs. Ein massives V-förmiges Gestell aus Nussbaum stützt die Glasplatte. Neben Petra stehen eine Packung Salz und zwei Rollen Küchenpapier. Ein leises Fluchen dringt nach oben.

„Ein Malheur", Axel zwirbelt sein Kinnbärtchen, „Rotwein genauer gesagt."

„Fensterreiniger", rät Evamaria. „Ihr braucht klaren Fensterreiniger."

Petra rutscht rückwärts unter dem Tisch hervor, richtet den Oberkörper auf und dreht sich dem verfrühten Gast zu.

„So etwas Bescheuertes!" Ihre Hände stecken in gelben Haushaltshandschuhen, mit einem Handrücken streicht sie eine Haarsträhne aus dem purpurroten Gesicht.

Evamaria fällt der Unterkiefer runter. „Was meinst du damit?", fragt sie leicht empört.

„Kommt Bescheuertes von Scheuern? Dann meine ich das damit." Petra zieht den engen Rock hoch und steht mühsam auf.

Axel hat den Fensterreiniger geholt und hält Petra die Sprühflasche entgegen. Aber schon wirft Evamaria ihren Beutel weg, reißt die Flasche an sich, plumpst auf die Knie und fängt an zu sprühen. Sie sprüht und sprüht.

„Er muss ganz durchfeuchtet sein!", ruft sie unterm Tisch hervor. „Dann wischt man von außen nach innen. Ein paar Tücher noch, bitte."

„Tut mir Leid, Evamaria", Petra lässt die Handschuhe über die Finger schnalzen, „wer zu früh kommt, den bestraft das Leben."

„I wo", winkt Evamaria ab, die flugs wieder auf den Beinen steht. „Ich mache das gerne."

„Vielleicht hätte mein Mann die Freundlichkeit, sich um die Entfernung des von ihm verursachten Schandflecks zu kümmern?"

„Da kann ich doch nichts dafür!", entrüstet er sich. „Hättest ja nicht so früh mit dem Weintrinken anfangen müssen! Glaubst du, ich werde mir meine Brioni-Hose versauen?" Einen kurzen Moment ist es still. „Entschuldigung, natürlich helfe ich. Es gibt ja Reinigungen."

„Einen Tipp noch, Axel: Holen Sie einen Eimer Wasser und ausreichend Frotteetücher, zum Trockenreiben." Evamaria hebt ihre Tasche auf.

„Mach' ich. Wo finde ich denn das alles, Petra?"

„Ich hole es schon."

„Nehmen Sie doch Platz", sagt Axel.

„Ich steh' ganz gerne. Danke." Evamaria hat die Hände vor dem Schoß gefaltet, dreht sich leicht hin und her. „Die Vorhänge – ob die jemals wieder werden? Die Wand kann man ja neu tapezieren." Die Häkeltasche schwingt mal ans linke, mal ans rechte Knie.

„Ja, das ist ärgerlich!" Petra klingt resigniert und reicht Axel die Putzsachen. Mit Wasser und Lappen verschwindet er unterm Tisch. Während er unter Stöhnen über die feuchten Flecken tupft, hört er das Zischen von Streichhölzern, wenn sie über die Reibefläche gezogen werden.

„Kurz vor halb acht und schon so dunkel", seufzt Petra. „Da wollen wir doch ein wenig Atmosphäre herbeizaubern."

„Das hält mein Rücken nicht mehr aus", flucht Axel, „am besten, ich lasse die Handtücher auf den Flecken liegen."

„Ich muss mir die Hände desinfizieren, und umziehen muss ich mich auch noch." Petra verschwindet.

Evamaria wandert durch den Raum. „Das wird heute Abend richtig was geben."

„Mmh", bestätigt Axel.

„Sie haben eine zauberhafte Frau." Evamaria geht zu einem Regal. „Sind das Fotos von Petra? Mein Gott, wie hübsch sie war."

„Sie modelte früher", antwortet Axel. „Schon als Studentin,

so haben wir …"

„Was ist das?" Petra marschiert ins Wohnzimmer, bekleidet mit einem Rock im Schottenmuster und schwarzer Bluse ohne Ärmel, und schmeißt eine kleine, rote, viereckige Tüte, auf der ‚gefühlsecht' steht, unter den Tisch. „Was ist denn da aus deinem Jackett gefallen?"

Axel nimmt kommentarlos das Corpus Delicti und steckt es ein.

Petra wendet sich ab. „Ganz ruhig bleiben, Petra."

„Ist was passiert?", fragt Evamaria.

Doch Petra schweigt. Axels Stöhnen unterm Tisch ist das einzige Geräusch.

„So, ja, gut hierher gefunden?", fragt sie.

„Ja, kein Problem, Straßenbahn und Bus." Evamaria zieht die Nase geräuschvoll hoch.

„Super! Die Grippewelle gut überstanden?"

„Kein Problem. Leichte Erkältung, habe ich gleich mit einer Bachblütenkur und Kirschkernkissen eindämmen können."

„Super! Wein?"

„Ich vertrage eigentlich keinen Alkohol, aber der Anlass rechtfertigt wohl ein Schlückchen."

„Gewitter! So früh im Jahr", sagt Petra.

„Ja, unglaublich", stimmt Evamaria zu.

„Axel, ist der Fleck beseitigt?"

„Zumindest das, was ich erkennen kann", brummt er. „Licht wäre eine tolle Idee!" Er krabbelt hervor und setzt sich erschöpft auf einen Stuhl.

Petra greift nach einer Fernbedienung, drückt willkürlich irgend- welche Tasten, das Wohnzimmer wird in warmes Licht getaucht. Nach einer ausgetüftelten Lichtplanung betonen die Strahler Bilder und Skulpturen.

Während die beiden Frauen an ihren Gläsern nippen, begibt sich Axel nochmals in den Vierfüßlerstand, um den Schandfleck zu überprüfen.

„Oh, es klingelt." Petras Stimme verrät Erleichterung.

„Wie viele kommen denn noch?", fragt er von unten und haut beim Aufrichten mit dem Schädel unter die Glasplatte.

„So, jetzt reicht's."

„Kein Grund, so gereizt zu sein, Axel. Zwei. Und wer hier wohl einen Grund hat, – ach – !" Geschwind geht Petra zur Wohnungstür, öffnet sie und betätigt gleichzeitig den Summer für die Haustür. Sie prüft ihr Make-Up im Spiegel, presst die Lippen aufeinander, bleckt die Zähne und reibt mit einem Zeigefinger Reste roten Lippenstifts von einem der Schneidezähne. Das Summen des Fahrstuhls stoppt, die Tür geht auf, zwei Frauen kommen herein.

„Guten Abend, Petra."

„Schön, dass ihr da seid, Stella und Fariba. Kommt herein." Petra drückt energisch deren Hände.

„Ich bin völlig durch den Wind, im wahrsten Sinne." Fariba stellt sich vor den Garderobenspiegel und versucht, Ordnung in ihre Haarpracht zu bekommen. „Da hast du es mit dem kurzem Haarschnitt leichter, stimmt's, Stella?"

„Genau." Stella öffnet den Gürtel ihres Kurzmantels, der ihre schmale Taille betont. „Ich bin völlig aus der Puste. Ich hatte Gegenwind. Wetten, auf dem Heimweg habe ich wieder Gegenwind? Hoffentlich zieht das Gewitter an uns vorbei." Sie lächelt. „Hier, ein Geschenk von uns Dreien."

„Das wäre aber nicht nötig gewesen", bedankt sich Petra und will es weglegen.

„Mach schon auf!", fordert Stella.

Petra zieht das Geschenkband ab und reißt das Papier auf. „Eine Doppel-CD mit den besten Gospel- und Spiritual Chören. Nicht wahr, Axel, das ist mal eine aufmerksame Idee!"

„Nicht gut?", fragt Stella nach, „das klang ein wenig ironisch."

„Doch, doch, doch. Tretet ein. Aber zieht bitte eure Schuhe aus."

„Ist absolut auch meine Musik", betont Fariba. Sie klappt wie ein Taschenmesser nach vorne, dicke, krause Haare fallen über die Augen, während sie ihre Sneakers aufbindet. „Ich bin eigentlich Muslimin."

„Wieso ‚eigentlich'?", fragt Stella, die barfuß auf Evamaria zugeht, um sie zu begrüßen.

„Nicht praktizierend." Fariba kommt mit geradem Rücken hoch und klemmt eine widerspenstige Locke hinters Ohr. Eine Menge langer Ketten baumeln über ihrem Busen, farblich abgestimmt zum türkisen Blazer, schwarzen T-Shirt und Stoffhose. Sie lacht rau und präsentiert die obere, blendend weiße Zahnreihe. Ihr Überbiss hat den kleinen Sprachfehler zur Folge, dass die F- und W-Laute zischen.

Petra legt Geschenk und Papier zur Seite und fordert mit einladender Geste auf, ihr ins Wohn-Esszimmer zu folgen.

„Und das dort ist mein Mann."

„Guten Abend, die Damen, entschuldigen Sie bitte dieses kleine Chaos. Petra, die Tücher lasse ich auf den nassen Flächen liegen. Und Sie sind?", fragt er auf dem Weg zum Spülbecken. „Frau Schmid kenne ich ja schon." Er will Fariba die Hand reichen, zieht sie aber wieder weg. „'tschuldigung, ich sollte mir die Hände waschen. Schatz, was ist denn der Anlass für diesen Abend?"

„Ihre Frau", Fariba tippt etwas in ihr Smartphone, „wird bei uns ehrenamtlich tätig sein. Bei ‚Young & Mummy'?"

„Bei was?"

Fariba schaut ihn an. „Wir kümmern uns um Teenagermütter und ihre ..."

Axel unterbricht mit einer abwinkenden Handbewegung: „Wenn's Sinn macht."

Agneta

Agneta lehnt an der geöffneten Dachterrassentür. Sie hat den Businessanzug gegen ein rotes Etuikleid getauscht. Eine Windbö rauscht durch die Kastanienblätter. Langsam lässt sie den Cocktaillöffel durch den Apérol Spritz kreisen. Zum Klickern der Eiswürfel taucht sie ein in die späten Nachmittagsstunden an der Bar eines Ferienclubs.

Während sie dort auf den Apérol gewartet hatte, sah sie im Schatten einer Palme diesen Mann. Sein Blick traf sie wie ein Laserstrahl. Gut, dass Sonnenbrillen nicht nur vor eindringendem Licht schützten, sie verbargen auch geheime Botschaften. Sie scannte ihn und kam zu dem Ergebnis, dass er in keinem jungväterlichen Alter war, dennoch ein Windelhöschen in den Händen hielt. Dann eben nicht, dachte sie und stolzierte zurück an den Bistrotisch, an dem die damals dreijährige Lucia saß und Eis schleckte.

„'tschuldigung", brummte kurze Zeit später jemand hinter Agneta. „Darf ich mich zum Eis lutschenden Madel setzen?"
Ohne abzuwarten, zwängte sich der Mann in den niedrigen Bistrostuhl, ein Wohlstandsbauch unter einem schlabbrigen T-Shirt wölbte sich über die rot karierten Bermudashorts. Ein gepflegter rostbrauner, mit grauen Strähnen durchwebter Vollbart umrahmte seinen schmunzelnden Mund. Die Nase glich der von Michelangelos David in Florenz, ebenso symmetrisch waren die Geheimratsecken. Dunkle Augen unter dichten Brauen blinzelten sie herausfordernd an. Das alles registrierte Agneta – mit geschütztem Blick hinter der Sonnenbrille – in drei Sekunden.
Er wandte sich Lucia zu, die ihn mit großen Augen anschaute. „Soll ich dir mal das Mündchen abwischen? Deine Mama scheint von der Hitze wie gelähmt. Gell, und dein Papa ist grad nicht da?" Er nahm eine Papierserviette vom Tisch und säuberte sorgsam Lucias Mund. „Ich heiße Korbinian. Und du?"
„So fragt man Kinder aus!" Agneta konnte sich ein Schmun-

zeln nicht verkneifen. „Was willst du sonst noch wissen?" Sie umfasste ein Knie, traute sich nicht, ihn anzuschauen, denn sie fühlte, dass – ausgerechnet ihr! – Röte in die Wangen stieg.

Knapp zwei Jahre später steht sie nicht minder elektrisiert mit dem Apérol auf der Dachterrasse. Sie geht an das Geländer, vor dem Buchsbäumchen in Kübeln stehen, und schaut zur Straße hinüber. Dunkle Wolken ziehen auf. Sie sieht Korbinian aus dem Wagen steigen, wie er die Reisetasche, die so gut nach Leder riecht, aus dem Kofferraum holt. Er schaut zu ihr hoch. Sie hebt das Glas zum Gruß. Ein Stich in der Magengrube nimmt ihr kurz den Atem, jetzt habe ich mich so gefreut, und nun wieder das: dieses Gefühl, nur seine Geliebte, eine Nebensache für ihn zu sein, ich habe es ihm immer zu leicht gemacht, habe so getan, als ob mir das genügt, vollstes Verständnis für sein Familienleben gezeigt, ich muss frecher werden, deutlicher. Sie nippt am Glas, stellt es weg und geht Richtung Tür. Was hatte er gesagt: „Du bist etwas Besonderes. Du forderst nicht mehr als ich von dir haben möchte. Pfüerti, Spatzl." Das ist so verletzend gewesen!
Agneta steht vor dem Spiegel im Flur, schaut sich fragend an und fühlt gleichzeitig Herzrasen. Gleich steht er vor mir, dann lasse ich mich wieder auf sein Spiel ein, Sex first, ich will das ja auch, aber – oh Mann – ich will nur eine ganz normale Familie!

Als Korbinian irgendwann wieder neben ihr lag, kehlig schnarchte und sie mit verschränkten Armen hinter dem Kopf an die Zimmerdecke blickte, hatte sie sich gefragt, ob seine Ehefrau naiv oder clever war? Spürte sie wirklich nichts? Oder handelte sie nach dem Motto: Was ich nicht weiß, macht mich nicht heiß? Agneta stupste Korbinian. Ob er es nicht supa fände (sie versuchte es Bayrisch auszudrücken), wenn sie nach Minga zöge? Als er beim Kennenlernen einst gesagt hatte, dass er aus Minga käme, hatte sie gefragt, wo dieses Dorf läge. Er wollte sich kaputtlachen, schließlich erklärte er, dass das ‚München' auf Bayerisch ist. Freilich, Korbinian murmelte seine Antwort im Halbschlaf, sobald sie seinen Dialekt perfekt könne, erhalte sie bei ihm Asyl.

Immerhin, denkt sie nun, sein „Schade" vorhin klingt versöhnlich. Ohne das Klingeln abzuwarten, drückt sie den Summer für die Haustür, hört die Fahrstuhltür sachte zufallen, den Fahrstuhl heraufahren, da steht er schon vor ihr.
„Spatzl, da schau her! Schön wie eh und je. Und meine Lenden tun mir weh. Ja, Kruzifix, ein Gedicht! Nur für dich!"
Korbinian nimmt geradezu väterlich ihr Gesicht zwischen die bemerkenswerten Hände, küsst sie fest auf die Stirn. Er macht einen großen Schritt an ihr vorbei, schaut neugierig ins Appartement. „Koana dahoam?"
Er wirft das Jackett auf einen Barhocker, löst die Krawatte und zupft das Oberhemd aus der Hose. Geradewegs geht er an den Kühlschrank und nimmt sich ein Weizenbier, das Agneta immer für ihn bereitgestellt hat. Nur mit dem Griff einer Küchenschere öffnet er die Flasche, stülpt sie in ein Weißbierglas und lässt den goldenen Inhalt langsam hineingluckern.
„Was machen wir heute Feines?", fragt er, während er einschenkt. Agneta tritt näher zu ihm hin, nippt an ihrem Apérol und blickt auf seine Finger, die kräftig, aber bei weitem nicht fleischig sind, dunkelblonde Härchen bedecken die Fingerrücken. Sie zuckt mit den Achseln und sagt übertrieben gelangweilt:
„Keine Ahnung, Korbinian. Wir könnten uns raussetzen, solange es nicht regnet, und über die Vergabe der Fußball-WM 2022 an Katar diskutieren. Wie findest du das?"
Korbinian setzt das Weißbierglas an und lässt den Inhalt durch die Kehle laufen. Als es leer ist, wischt er mit dem Handrücken den Schaum aus dem Oberlippenbart, stellt das Glas hin und macht eine viertel Drehung zu Agneta.
„Sau guat!"
Was er damit meint, das Bier oder ihren nicht ernst gemeinten Diskussionsvorschlag, ist ihr nicht klar, aber auch egal. Sie liegen beide mit dieser Art von Neckereien auf einer Wellenlänge, was stets zum Ziel führt: Bei Wortspielen genießen

sie die Annäherung, das Herantasten und ….

Sie schlendert hinaus auf die Dachterrasse, lässt sich in einen der Rattansessel fallen und legt ihre nackten Beine auf den Sitzwürfel. Sie schließt die Augen, spürt, dass er sich zu ihr herunterbückt.

„Was würd' i drum geben, wenn du nicht so viel anhättest. Das muss doch lästig sein, gell, Spatzl?"

„Na, bitte, da ist ja mein zuverlässiger Sünder!", flüstert sie schmunzelnd.

„Fußball, Spatzl?", fragt er verschmitzt.

„Ich glaube, wir haben genug über Fußball diskutiert." Sie behält die Augen geschlossen, spannt Rücken und Hals zum Bogen und wittert sein Eau der Toilette.

Er öffnet den seitlichen Reißverschluss ihres Kleids, schiebt seine Hand sanft durch den Spalt, entdeckt ihren Bauchnabel, streichelt ihn, gleitet höher und umfasst ihre rechte Brust. Leicht öffnet sie die Lippen, Korbinians Mund berührt sie sacht. Seine Barthaare kitzeln.

Ein dicker Regentropfen fällt Agneta auf die Stirn. Zeit, hineinzugehen.

Julia

Der Wind hat zugelegt. Dickbäuchig wölben sich die Vorhänge in den Wohnraum. Julia läuft hektisch durch die Wohnung. Sie lässt ihren rechten Zeigefinger über die Buchrücken in den Regalen gleiten, kramt in Schubläden, schüttet den Zeitungsständer aus, öffnet Schranktüren – schlägt sie wieder zu. Sie lässt sich ins Sofa fallen, wo habe ich die Briefe hingelegt, wann habe ich sie überhaupt das letzte Mal gebraucht?, aber jetzt, nur den einen, den einen Brief! Sie springt wieder auf, da können sie sein! Entschlossen geht sie ins Badezimmer, streift flink ihren smaragdgrünen Morgenmantel über und zieht aus der untersten Schublade der Badezimmerkommode, unter allerhand Krimskrams, einen Schuhkarton hervor. Mit einem tiefen Seufzer drückt sie ihn an die Brust, setzt sich auf den Wannenrand und nimmt zitternd den Deckel ab. Da liegen sie, die Briefe, mit einer Paketschnur zusammengehalten. Julia schnuppert an dem dicken Bündel, zupft am Knoten, bis die Schnur zu Boden fällt. Julia blättert durch die Briefe, als wären es die Seiten eines Buches. Dann zieht sie den untersten hervor, eine Träne tropft auf das Papier. Sie öffnet ihn und liest:

Mai, 2000

Mein Kind,

ich sitze auf der Dachterrasse eines Hotels und schaue über das alte Chania. Ein herrlicher Blick. Das Tiefblau des Meeres haben die Griechen in den Kuppeln ihrer Kirchen wieder aufgenommen.
Georg und ich verbringen hier auf Kreta unsere Hochzeitsreise. Es geht mir gut, sehr gut. Nie hätte ich gedacht, dass ich so lieben kann.
Dies ist mein letzter und zugleich wunderbarster Brief von den vielen, die ich dir in den zurückliegenden dreißig Jahren geschrieben habe. Die Kammer, in die ich mein Alter Ego vor zehn Jahren eingesperrt habe, wird sich nie wieder öffnen! Nie wieder Erinnerungsschmerzen!

Endlich kann mein Herz wahrhaftig das ganze Glück fühlen, das in den Worten liegt: Es ist vorbei.

Ade.
Deine Mutter, deine Julia

Sie runzelt die Stirn. Die Worte, sie bewegen sich, schlängeln und formen sich zu neuen Worten. Sie flüstern ihr zu:

Ich bin zurück. Ich war nie weg. Wie konntest du glauben, dass es vorbei ist?

„Lass' mich in Ruhe!" Julia pfeffert den Brief durchs Badezimmer. Ein gleißender Schmerz zuckt durch ihren Unterleib und reißt sie zu Boden. Ihre Gedärme ziehen sich zusammen. „Hau ab!", sie schlägt um sich, als ob sie einen Schwarm Mücken verscheuchen wolle. Das Summen in ihrem Kopf wächst sich zum zornigen Brummen eines Hornissenschwarms aus. Der Brief schwebt zu Boden, ein entsetzlich greller Ton, wie bei einer Rückkopplung zwischen Mikrophon und Lautsprecher, legt sich über das Brummen, bis es abrupt abbricht. Die verhasste, vertraute Stimme ist zurück:

Bade, los!, bade, heißßßßß! Du hast Jesus' Vertrauen missbraucht, spüre die Feuerfackeln, erhöre mich, Daniel!

Eine wächserne Hand mit steifen, leicht gekrümmten Fingern dreht den Warmwasserhahn auf, schon rauscht es in der Wanne, bis es dampft; wie eine Echse gleitet Julia hinein, um sogleich wieder herauszuspringen. Sie rennt im nassen Morgenrock zum Putzschrank, greift nach einer Plastikflasche mit einem Totenkopf darauf und schüttet den Inhalt ins Wasser. Sie lässt die Flasche zu Boden fallen, ein Rest Formaldehyd verteilt sich auf dem Badetuch. Sie steigt in die Wanne. Ein beißender Geruch erfüllt den Raum.

Schade, Julia, deine Fingernägel sind zu kurz. Nimm die

Rückenbürste, mach' schon, schrubbe die Innenseiten der Oberschenkel. Bekenne dich deiner besudelten Seele! Tu, was ich dir sage!

Petra Kern

Stella schlendert lächelnd, mit den Händen auf dem Rücken, durch den Wohnbereich, streicht mit den Fingern über das braune Wildledersofa, das frei im Wohnbereich steht und einlädt, von dort aus fernzusehen. Petra entgeht nicht, wie intensiv Stella die Einrichtung begutachtet. Möglicherweise lebt man als Ehefrau eines Pastors und Mutter von fünf Kindern in schlichteren Verhältnissen, fragt sie sich. Auf vier niedrigen Beistelltischen aus geschliffenen Holzbohlen stehen Tischleuchten, deren dunkelbraune Zylinderschirme von goldfarbenen, kegelförmigen Füßen gehalten werden. Die bequemen Schwingstühle aus dunkelbraunem Rindsleder ergänzen das Ensemble, das Petra arrangiert hat.

„Wie schwül es ist." Stella schiebt die Ärmel der auberginefarbenen Bluse hoch, die sie über der Röhrenjeans trägt. Im Lichtstrahl einer Bogenlampe funkelt das Kreuz an ihrer Halskette, die auf dem hellen Dekolleté ruht. Abrupt bleibt sie stehen, ihre Augen werden zu Schlitzen. Sie starrt auf das abstrakte, außergewöhnlich große Gemälde. Die Farben aus Acryl sind von beißender Intensität, vorwiegend Rottöne, mehrere Schichten übereinander. Der gekonnte Umgang mit Licht und Schatten täuscht Täler und Erhöhungen vor, unruhige Reliefs, regenwurmartige Gebilde schlängeln sich vereinigend und überkreuzend über die Fläche. „Liebesrausch", erinnert sie sich.

„Da haben wir uns etwas geleistet!" Petra steht neben Stella und reicht ihr ein Glas Rotwein.

„Nein, danke, ich nehme erst mal Wasser."

„Ist es nicht überwältigend?" Petra legt eine bedeutungsvolle Pause ein. „Dieses zauberhafte Werk hat nicht nur eine sechsstellige Summe gekostet", sie seufzt, „der wunderbare Künstler wohnt sogar hier im Haus."

„Ich weiß, also, ich meine", fügt Stella schnell hinzu und setzt sich auf die Lehne der Couch, „das ist mir bekannt, ich habe ihn", der Blick ist Richtung Boden gerichtet, „auf einer Vernissage kennengelernt. Wie heißt er noch? Ludovico David?" Eine leichte Röte legt sich wie ein Hauch Rouge über die Wangen. „Dürfte ich nun doch einen Wein haben, falls du hast? Einen Weißwein?", fragt sie.

„Gerne."

„Dieses ‚Gerne'", ruft Fariba, die an der Frontseite des Küchenblocks mit überkreuzten nackten Füßen lehnt, „ist zur absoluten Floskel geworden! Was haben wir früher stattdessen gesagt?" Sie geht zum Tisch, nimmt ein Glas, schenkt sich Rotwein ein und setzt sich.

„Ich finde das positiv", Evamaria platziert sich ihr gegenüber, „damit drückt man aus, dass man das, was immer man tut, irgendwie – gerne macht."

„Nun", Stella zieht den Stuhl neben Evamaria ein wenig weg, schiebt ihren schmalen Körper zwischen Tischkante und Stuhl, nimmt Platz, beugt sich vor, setzt bedächtig die Ellbogen auf die Tischplatte und schaut den Fingerspitzen dabei zu, wie sie gegeneinander tippen, „ich glaube", ihre Altstimme lässt jedes Wort sanft und gütig klingen, „dass das Gerne oft ein in Watte gepacktes –", sie macht eine Pause, „ein Du-kannst-mich-mal ist." Sie sieht auf, zieht die geschwungenen Augenbrauen hoch und schaut in die Runde.

„Liebe Frau Pastorin", sagt Petra, „solche Worte aus deinem Mund! Ich bin überrascht!" Sie reicht Stella das Glas Weißwein und setzt sich neben Fariba.

„Danke, Petra. Aber um das richtig zu stellen: Ich bin Theologin und Seelsorgerin. Keine Pastorin."

„Bedient euch." Petra steht auf. „Das da, in den hellen Pfeffermühlen, ist übrigens Kambodschanischer Fair Trade Pfeffer."

Evamaria streckt sich weiter über den Tisch, um an die Häppchen zu kommen. Nachdem sie drei Schälchen mit Leckereien auf ihren Teller gelegt hat, schnappt sie sich eine Pfeffermühle und fängt an zu drehen.

„Pass mit dem Pfeffer auf, Evamaria!" Petra schnappt sich die Mühle. „Er ist scharf und sehr teuer!"

„Holla! Entschuldigung!", erwidert Evamaria.

„Ich gebe zu, dass ich ein großer Fan des Künstlers bin, dessen Bild dort hängt", gesteht Petra, „Ludovico ist so etwas wie der Brad Pit unter den Malern."

„Na", wirft Stella ein, „der Vergleich hinkt aber. Der sieht doch ganz anders aus. Ludovico hat ein wesentlich markanteres Gesicht. Eher wie Johnny Depp."

„Für mich ist er Brad Pit!"

„Du scheinst ja richtig für ihn zu schwärmen, Petra." Stella schaut sie an und wackelt mit den Augenbrauen.

Evamaria betrachtet genüsslich das nächste Häppchen. „Die Namen sagen mir nichts", und saugt die Leckerei in sich hinein.

In Faribas Hosentasche summt das Handy. „Pardon, muss ich ran, ist wichtig."

„Der arme", erzählt Stella, „der hat eine Hand verbunden, hat sich vier Finger gequetscht."

„Und wobei?", fragt Evamaria. Sie wedelt mit einer Hand vor dem geöffneten Mund.

„Ich hatte dich gewarnt", sagt Petra, „du sollst nicht so viel Pfeffer nehmen."

„Gott-sei-Dank vier Finger der linken Hand", sagt Stella.

Petra schaut sie erstaunt an. „Du bist gut informiert." Erneut beugt sie sich unter den Tisch, hebt ein feuchtes Tuch an, um einen prüfenden Blick auf die Rotweinflecken zu werfen. Dabei bemerkt sie, dass Stella ihren Platz verlässt und zu den Glasschiebetüren geht, die auf den Balkon führen. Petra kommt wieder hoch und folgt ihr. Die Blätter der Kastanie biegen sich unter dicken Regentropfen, die Äste schwanken im Wind. Er trägt ein Mädchenlachen hinunter.

„Über uns ist die Dachterrasse von Ludovicos Wohnung." Petra streckt einen Zeigefinger in die Richtung.

„Hat er ein Kind?", fragt Stella mit größtem Erstaunen.

„Nein, das ist vermutlich die kleine Tochter seiner Nachbarin. Naja", ergänzt Petra süffisant, „ich glaube, die ist nicht nur Nachbarin – wie ich das hier manchmal so höre – wenn du verstehst, was ich meine?"

Hans-Herbert

„Hochzeit hun mir heit, morgen kommt die Tante, bringt n' Sack voll Apfelschnitz für die Musikante. Zwiebel-Lieschen, schnick das Füßchen, lass' das Röckchen pambel, wenn du mal geheirat' hast, kriegst du viel zu strampel."[5]
Nataschas Stimme klingt rauchig. Sie steht vor dem bodentiefen Garderobenspiegel in Hans-Herberts Flur. Das rote Korsett schnürt geschickt ihre Bauchpolster zusammen und drückt die Brüste zu ansehnlichen Wölbungen hoch. Sie betrachtet sich und zupft den knielangen engen Rock zurecht. Hans-Herbert liebt es, wenn sie ihre Alltagskleidung ablegt und aus Olga Vetter Madame Natascha wird.

„Schade, dass ich nur noch wenige Lieder in meiner Muttersprache kenne", sagt sie und steckt mit wenigen Handgriffen ihre drahtigen Haare hoch.

Hans-Herbert steht hinter ihr und beobachtet, wie sie die üppigen Lippen mit einem kräftigen Rot nachzeichnet. Er gibt ihr einen Klaps auf den Po, schlurft dann in Pantoffeln den Flur Richtung Wohnzimmer entlang, eine Flasche Bier in der einen Hand, ein halbvolles Glas in der anderen.

„Du hast nicht mal einen schönen russischen Akzent", ruft er ihr im Weitergehen zu.

„Aber dafür das Temperament!" Sie summt die Melodie weiter, geht in die Küche und stellt das mitgebrachte Essen auf den Herd. Es duftet nach seiner Lieblingsspeise: Birnen, Bohnen und Speck à la Martha.

„Deine Mieterin, diese Frau Bauer", ruft sie durch die Wohnung, „hat wohl mächtig Ärger."

„Wieso?", fragt Herbert.

„'Lass' mich in Ruhe', hörte ich sie schreien, als ich die Treppe hochging."

„Na, bei jedem gehen mal die Pferde durch."

Hans-Herbert hatte Natascha anfänglich einmal wöchentlich

in dem Etablissement besucht, das sie mit Kolleginnen zusammen betrieb. Es waren die letzten Wochen vor Marthas Tod. Wenn er auf Marthas Pflegebett saß, ihre gelblich graue Hand streichelte und ihr leise sagte: „Ich muss noch mal weg", dann verriet ihm ihr verschleierter Blick, dass sie wusste, zumindest ahnte, wohin er ging; dennoch entließ sie ihn wohlwollend, mit einer Liebe, über die kein Wort verloren wurde.

Eine Woche nach der Beerdigung stand unerwartet Herberts ältester Sohn Jochen in Hans-Herberts Werkstattzimmer, das er mit wenigen Handgriffen für Nataschas Besuche zweckgemäß umfunktionieren kann.

„Junge, was machst du hier?", fuhr er seinen Sohn an, während er auf allen vieren, mit einer Kette um den Hals, auf dem Boden kniete. Über der weißen Doppelrippunterhose hing sein schwartiger Bauch. Natascha schaukelte auf roten Lackstiefeln lasziv hin und her. An einer Kette schwang sie einen Schlüssel wie ein Lasso.

„Bravo, wir haben einen Zuschauer. Wer ist das?", fragte Natascha. Im flackernden Kerzenlicht tanzten Jochens Konturen im Türrahmen.

„Wie ekelig!", würgte Jochen hervor und flüchtete.

„Damit ist es raus", sagte Herbert erleichtert. „Dann haben wir das jetzt auch geklärt."

„Du wirst nie wieder deine Enkel sehen", lautete der einzige Satz, den Jochen Hans-Herbert am nächsten Tag durchs Telefon entgegen schleuderte. Bevor Herbert das Wort „Erbschaft" zu Ende aussprechen konnte, hatte sein Sohn aufgelegt.

„In spätestens zehn Minuten wirst du wieder anrufen", murmelte Herbert.

Und so war es.

„Was meinst du mit Erbschaft?", wütete Jochen.

„Sprich bitte in einem gesitteten Ton mit mir!", antwortete Herbert mit einem Zahnstocher zwischen den Lippen.

„Gesittet?! Du sprichst von Sittsamkeit?", brüllte Jochen.

Herbert konnte sich vorstellen, wie sein pausbackiger Sohn den erhobenen Zeigefinger drohend vor die Sprechmuschel hielt und am liebsten durch die Leitung gerauscht gekommen wäre. Er schlenderte zur Küchenanrichte, nahm einen Becher aus dem Hängeschrank und goss Kaffee ein; er hörte ein Schnaufen in der Leitung, Herbert griente und setzte sich auf einen Stuhl.

„Punkt eins: Eure Mutter wusste es und war – na, ich sage mal – gnädig. Punkt zwei: Ein Mann in meinem Alter kann nicht mehr erwarten, dass er eine Freundin findet. Da bezahle ich lieber. Punkt drei: Sie versorgt mich wie eine Hausfrau. Punkt vier: Sie ist Krankenschwester gewesen. Wer pflegt mich, wenn die Windeln nass sind? Du? Deine feine Gattin? Und nun lege leise auf, diskutiere es mit allen, möglichst sachlich, und ich würde mich freuen, bald von euch zu hören."

Auf die Information, dass er Natascha eine Wohnung geschenkt hatte, verzichtete er vorerst. Das holte er zwei Wochen später nach. Jochen hatte ihn im Auftrag der beiden Geschwisterfamilien in ein Wirtshaus eingeladen. Vater und Sohn saßen sich über Eck auf einer Bank gegenüber, schaufelten Schweinshaxe in sich hinein und zählten nach einer wortlosen halben Stunde die Striche auf ihren Bierdeckeln, um im selben Moment etwas zu sagen, weshalb der eine den anderen nicht verstand.

„Was?"

„Wie?"

„Ne, du zuerst."

„Wir haben hier mal ein Testament vorbereitet, Vater." Jochen zog ein zusammengefaltetes Papierbündel aus der hinteren Hosentasche und legte es auf den Tisch.

„Habe ich längst gemacht. Mit eurer Mutter zusammen. Sonst noch etwas?"

„Wir akzeptieren deinen eingeschlagenen Weg ..."

„Oooo", Herbert lehnte sich zurück, steckte einen erloschenen Zigarrenstummel in den Mundwinkel und nuschelte, „eingeschlagener Weg." Er rollte den Stummel von links nach rechts. „Hast du Schulden? Das wäre nichts Neues." Er spuckte einen Krümel Tabak in eine vorgehaltene Serviette. „Welche Angebote wollt ihr mir denn machen?"

„Wir treffen uns immer außerhalb deiner Wohnung, schon wegen der Kinder."

„Meinetwegen, so kann ich sie wenigstens sehen." Herbert schüttete hastig den Rest Bier hinunter.

„Zweitens: Immobilien solltest du aus steuerlichen Gründen auf uns überschr…"

„Ihr seht wohl eure Felle davonschwimmen?" Er legte den Zigarrenstummel weg und stützte sich auf den Tisch. „Ich hab' Natascha eine Wohnung geschenkt."

Jochens Gesichtsfarbe wechselte von Blutleergrau zu Blutwurstrot. „Bist du wirklich so hörig?" Jochen zupfte das Portemonnaie, legte einen Schein auf den Tisch und verließ das Lokal. Das war vorläufig das letzte Mal gewesen, dass sie sich gesehen haben.

Die Hände in die Hosentaschen vergraben, steht Herbert vor dem Fenster und schaut hinaus. Schwere Wolken legen sich über das Haus und entlassen dicke Tropfen. Bedächtig setzt er sich in den wulstigen Sessel, den Blick auf Nataschas keck wackelnden Po gerichtet. Sie hat das Licht angeknipst, die Glastränen des Kronleuchters im Wohnzimmer klimpern im Windzug der geöffneten Fenster. Sie putzt mit bedächtiger Ruhe und summt die alte Weise.

Der Staubwedel flattert über die Reader's Digest-Sammlung im Eichenschrank mit bernsteinfarbener Glasvitrine. Sie hält inne und beschnuppert die Bücher.

„Das riecht wie das lederne Fotoalbum, das ich von Babuschka geschenkt bekommen habe." Sie dreht sich zu Herbert um, der sie über den Rand der Lesebrille betrachtet. Natascha setzt sich zu ihm auf die Armlehne. „Darin halten vergilbte Fotos das armselige Leben meiner Babuschka und ihrer drei Kinder fest. Sie waren 1941 mit tausenden anderen Wolgadeutschen nach Sibirien deportiert worden." Ihre schwarzen Pupillen glänzen. „Meine Mutter war in ihrem Bauch. Großväterchen war auf dem Weg der Verbannung gestorben." Sie knufft Herbert in den Oberarm, seufzt und schreitet mit schwankenden Hüften zur Garderobe.

„Ich war achtzehn, verheiratet und hatte ein Baby. Da sind wir nach Deutschland gekommen, 1986, die ganze Familie, mit Schwester und Mamuschka, Papa und Schwiegereltern. Ich hatte mir geschworen: nie wieder arm! Und jetzt? Schau her! Es geht mir gut", beteuert sie und stellt sich im roten Lacklederoutfit und Overknee-Stiefeln wie ein Kosake vor ihm auf, die Hände in die Hüften gestemmt.

„Ich bin selbstständig. Habe keinen besoffenen Mann mehr, der Sohn hat eine Ausbildung, ich habe keine schwere Arbeit im Krankenhaus mehr und keinen Chef. Komm", sie zieht ihn aus dem Sessel hoch, „wir gehen in die Küche, da kriegst du dein Leckerchen.

Ludovico

„Gut, bist du bereit, Lucia?"

„Wie machst du das?" Sie zeigt auf seine Stirn.

„Mit den Augenbrauen wackeln?"

„Ja", hell klingt ihr Lachen, „du siehst aus wie Bert von der Sesamstraße." Vergeblich versucht sie, es ihm nachzumachen. Schließlich dreht sie sich von ihm weg, legt den Kopf in den Nacken und kratzt sich hinter dem rechten Ohr. Sie blickt zum Monitor hoch, just in dem Moment, als Alex aus *A Clockwork Orange* eine überdimensional große Penisskulptur in den schreienden Schlund von Catwoman stößt.

„Was macht der Mann da?"

Hastig greift Ludovico nach der Fernbedienung und stoppt die DVD, nimmt Lucia an die Hand und stellt sich mit ihr in die offenstehende Terrassentür. Tropfen platschen auf den Balkontisch.

„Guck, da!" Lucia zeigt zu den sich auftürmenden Wolken. „Da ist ein Mann im Himmel."

Ludovico schaut angestrengt in die Richtung. Tatsächlich: Ein Wesen braust durch den Gewitterhimmel, tieffliegende, schwarze Höhlen liegen wie Augen über einem aufgerissenen Maul.

„Lucia, du bist der Knaller. Weißt du was, den bringen wir auf die Leinwand."

Für den Bruchteil einer Sekunde erleuchtet ein Blitz das Atelier. Irgendwo fliegt eine Tür zu. Lucia drückt Mümmel fest an sich.

„Du brauchst keine Angst haben, ich bin ja da." Ludovico betrachtet sie zärtlich und beugt sich hinunter. „Wir geben gaaaanz viel rote Farbe auf die Leinwand und plantschen und wälzen uns darin wie im Matsch. Was meinst du, das macht irren Spaß."

„Meine Mama wird aber schimpfen, wenn ich überall Farbe habe", gibt Lucia zu bedenken.

„Ich habe eine Idee: Du ziehst einen meiner Overalls über. Sollst sehen, dann siehst du aus wie ein Gespenst!"

„Jaaaa!" Sie legt Mümmel auf eine der Bronzestelen, während Ludovico einen weißen Overall holt, der über und über mit Farbklecksen besprenkelt ist.

„Zieh' Schuhe und Strümpfe aus und dann halt dich an mir fest", sagt er. Lucia steigt in das viel zu große Kleidungsstück. „Du siehst wirklich wie ein Gespenst aus!", lacht Ludovico. „Wo sind denn deine Hände und Füße geblieben? Na, komm, hilf mir bitte, die Ärmel und Hosenbeine so weit wie möglich hochzukrempeln."

„Fang mich doch, du Eierloch!" Kreischend vor Vergnügen watschelt Lucia wie ein Pinguin vor L.D. um die Leinwand. Sie stolpert und fällt hin, dreht sich auf den Rücken, zappelt und lacht, bis sie alle viere von sich streckt.

„Hast du Durst?", fragt Ludovico.

Lucia schüttelt den Kopf.

„Gut. Dann hole ich mal die Farben." Er stellt alle Acrylflaschen, die er in den verschiedensten Rottönen hat, auf den Boden. „Hey, jetzt geht's los, Lucia. Pass auf, wir hören dazu meinen Lieblingssong von den *Toten Hosen*."

Julia

Julia taumelt aus der Wanne. Sie reißt sich den nassen Morgenmantel vom Leib und schnuppert wie ein Hund: Beißender Geruch hängt im Raum. Sie blickt an sich hinunter, Slip und Shirt kleben auf der Haut. Wie nach der Berührung mit Feuerquallen windet sich narbenähnliches Gewebe über ihre masernroten Schenkel. Unter der pergamentenen Haut des linken Oberarms schlängelt sich ein feuerroter Wurm.

Julia nimmt den Jogginganzug aus der Wäschetruhe und schlüpft hinein, ohne die nasse Wäsche vorher auszuziehen. Dann kauert sie sich in die Ecke zwischen Wanne und Wand, neben ihr liegt der Brief. Sie nimmt ihn, liest ihn nochmals durch und steht auf. Ihre nassen Füße hinterlassen Spuren auf dem Weg durch die Wohnung. Alles, was Licht spendet, schaltet sie an: den Backofen, den Fernseher, die indirekte Beleuchtung im deckenhohen Regal, die bunten Schirme der Stehlampen.

„Nie wieder Erinnerungsschmerzen", zitiert sie laut und legt den Brief auf die Küchenanrichte. Sie sieht ihr Handy auf dem Boden liegen und hebt es auf. Mit hängenden Schultern geht sie zum Sofa und setzt sich. Wasser tropft von den Haaren auf die Lehne. Sie sieht, dass Georg versucht hat, sie zu erreichen. Sie drückt die Wahlwiederholung.

„… clap along if you feel that happiness is the truth …." Georg antwortet nicht.

„… dann bleiben Sie nicht allein", fallen ihr erneut die Worte ihrer Therapeutin, Amelie Weiß, ein, ach, das schaffe ich, es ist vorbei, das ist nur der Schock, vielleicht hatte der Arzt keine andere Wahl, ich hatte ja heftige Schmerzen, und er wollte mir schnell helfen, weil er in den Urlaub wollte, wie er erwähnte, aber ich werde nie wieder zu ihm gehen, nein, nie wieder, ein Arzt darf seinem Patienten doch nicht so weh tun, in welcher Zeit leben wir denn?

Sie streicht die Haare zurück, springt auf und geht in den

Flur. Die Strahler werfen bunte Kreise auf die Garderobe und die Gästetoilette. Allein aus Georgs Arbeitszimmer gegenüber fällt kaltes Bürolicht.

Sie passiert den Flurspiegel – und erstarrt. Eine gesichtslose Gestalt, in plumpen Kleidern, in den Kleidern, die sie als Sechzehnjährige trug, erscheint im Spiegel.

Julia hätte platzen können vor Glück. Endlich war der Tag gekommen: Zum ersten Mal durfte sie sich mit Freundinnen treffen; nach der Firmung, auf die sie nur die Patentante begleiten sollte. Ihre Mutter bügelte Bettwäsche im schlecht beleuchteten Flur der bescheidenen Dreizimmerwohnung. Jedes Mal, wenn sie eine Bahn geplättet hatte, griff sie zur Sprühflasche und befeuchtete die gestärkte Wäsche. Die Beine waren dünn, ihre nackten Füße steckten in Klapperlatschen. Wenn sie ging, klatschten die Schuhe hart gegen die Fersen.

„Deine Patentante wird dir als Geschenk zur Firmung Geld geben. Davon musst du die Straßenbahn, Essen und Trinken bezahlen", sagte sie.

„Ich freue mich so!", rief Julia und lugte aus der Tür des Badezimmers. Ihre Mutter faltete einen Kissenbezug. Dann schaute Julia wieder in den Spiegel des Alibertschranks über dem Becken und betrachtete die Sommersprossen in ihrem blassen Gesicht. Schon damals war das Badezimmer ihr liebster Rückzugsort, schlicht aber heimelig: Der Duschvorhang, der um die Badewanne gezogen werden konnte, die Waschmaschine, auf der Waschmittel, Shampoo und eine Dose Nivea standen.

„Ich bin nach wie vor dagegen, dass sie allein …", rief ihr Vater aus der Küche.

„Sie fährt ja nicht allein, sondern mit Freundinnen! Sie muss doch mal langsam erwachsen werden", antwortete ihre Mutter.

Die winzige Küche lag gegenüber vom Bad. Der Duft von Rotkohl hing in der Luft; in einem anderen Topf blubberte Gulasch. Das Sonntagsessen.

„Alle dürfen samstags …", rief Julia.

„Das interessiert mich nicht, wer was alles darf, Julia." Sie wusste, dass er auf der Kante der Eckbank saß, sein Oberkörper pendelte vor und zurück, die Perlen des Rosenkranz' glitten ununterbrochen durch seine Finger.

„Gott grüße dich Maria! Gott grüße dich Maria! Gott grüße dich Maria! O Maria, ich grüße dich dreiunddreißigtausendmal, wie dich der heilige Erzengel Gabriel gegrüßt hat. Es erfreut dich in deinem Herzen und mich in meinem Herzen, dass der heilige Erzengel zu dir den himmlischen Gruß gebracht hat."

Seit Jahren waberte der monotone Singsang des Ave Maria durch die Wohnung, immer öfter, stundenlang, bis nur noch die menschliche Hülle des Vaters dort zu sitzen schien, verlassen von Seele und Geist.

An der Wand über ihm hing ein Kruzifix. Hinter das kleine Dach über Jesus' Kopf, der aussah, als ob er eingenickt wäre, hatte Mutter Kunstrosen gesteckt. Daneben hing eingerahmt ein stilisierter Fisch.

Einen Fernseher hatten sie nicht. Orgelkonzerte und Oratorien kamen aus dem rechteckigen Radio; im Kassettendeck steckte Mozarts „Requiem", etliche Male abgespielt, die glockenhellen Stimmen durchbrochen von Rauschen und Knistern. Das Gerät stand auf dem furnierten Buffet neben der Eckbank; gegenüber befanden sich die Spüle und Hängeschränke mit Vorräten und Geschirr, daneben der Vierplattenherd mit Backofen. Auf der Fensterbank, hinter der kurzen Seite der Essecke, fristeten Alpenveilchen ihr Dasein. Zwischen ihnen lag die Bibel. Das Fenster bot einen trostlosen Ausblick in den Hinterhof.

Nun aber – das erste Mal eine kurze Flucht aus dem bedrückenden, miefigen Leben! Wie Julia die biedere Kleidung hasste, die sie tagein, tagaus tragen musste: dunkelblauer Faltenrock, weiß gestärkte Bluse, weiße Kniestrümpfe und flache Schnürschuhe. Und das 1971, als die Kleidung so schön bunt war, fröhlich, ungezwungen, Symbol für den Drang nach Freiheit. Ihre Klassenkameradinnen trugen Faltenminiröcke oder geblümte Schlaghosen.

Derart angezogen durfte sie ohne ihre Eltern ausgehen. An der Straßenbahnstation sollten Rita und Jutta auf sie warten. Die Freundinnen wollten ihr Jeans, Bluse, Mascara und Lippenstift mitbringen.

Was für ein herrlicher Tag! Es war ihr schnurzpiepegal, dass das Aprilwetter seinem launischen Ruf alle Ehre machte. Ihre Haare hatte sie zu einem Pferdeschwanz gebändigt, der fröhlich hin und her wippte.

Die Firmung hatte ein gefühltes Jahrhundert gedauert. Quälend langsam verstrich die Zeit, bis Julia endlich an der Haltestelle stand. Ihre zwei Freundinnen warteten auf sie und drückten ihr die heimlich mitgebrachten Utensilien in die Hand. Einige Stationen weiter liefen sie durch heftigen Regen in eine Pizzeria. Die Damentoilette war alles andere als eine perfekte Umkleidekabine gewesen. Schmierige Streifen zogen sich über den Boden, zwischen der brillenlosen Schüssel und dem Abfalleimerchen lag Klopapier verstreut.

Julia war als Mauerblümchen hineingegangen und kam als flotter Teenager hinaus: Hüftjeans mit ausgestellten Beinen; darüber trug sie eine purpurfarbene Bluse mit Fledermausärmeln. Geschmeidig glänzend fiel ihr Haar über die Schultern.

Das war auch drei Jungen aufgefallen. Flegel, hätte ihr Vater gesagt. Julia kicherte mit ihren Freundinnen und schielte ab und an zu ihnen hinüber. Breitbeinig lümmelten sie an einem Tisch, am anderen Ende des schmalen Raums, in Bomberjacken und Jeans und tranken Whiskey-Cola. Lässig hingen Zigaretten in ihren Mundwinkeln, während der Qualm vom Licht unter dem Korbschirm hochgewirbelt wurde.

Die Zeit verflog in Überschallgeschwindigkeit, plötzlich war es halb neun.

„Ich muss mich beeilen." Traurig und ängstlich zugleich schaute Julia ihre Freundinnen an. „Die Bahn kommt gleich."

Eilig bezahlten sie – Julia freute sich, dass sie mehr als fünf Mark übrig behielt – und schlüpften in ihre Anoraks.

„Na, ihr Süßen, das Sandmännchen kommt wohl schon?", rief einer, und alle Jungen brachen in ein Gelächter aus.

Der feuchte Asphalt glänzte wie ein zugefrorener, dunkler

See. Auf dem Bahnhof pfiff den Mädchen kalter Wind um die Ohren. Sie suchten in einem heruntergekommenen Wartehaus mit blinden Fensterscheiben Schutz.

Die S-Bahn rollte heran, und mit ihnen stiegen die drei Jungen ein.

Der Waggon ruckelte, als er sich in Bewegung setzte. Julia schaute hinaus auf den kahlen Bahnsteig. Über den Tag hatte sich eine graue Finsternis gelegt. Sie betrachtete ihr Spiegelbild im Fenster.

Der Schreck schleuderte ein helles „Oh!" aus ihr heraus. „Ich habe die Tasche mit meinen Klamotten vergessen!" Tränen füllten ihre Augen. „So dürfen meine Eltern mich nie sehen!"

Die Mädchen flüsterten aufgeregt. Wahrheit oder Lüge? Was würde Julia vor einer Strafe bewahren? Während sie plapperten, hatten sie nicht bemerkt, dass sich die Jungen auf die gegenüberliegende Seite des Gangs gesetzt hatten. Auch sie hatten die Köpfe zusammengesteckt.

Die Mädchen erreichten ihre Station, an der sich ihre Wege trennten. Während die Bahn davonfuhr, verließ Julia mit hastigen Schritten den S-Bahnhof.

Sie war nicht allein.

Hinter ihr näherten sich schwere Schritte. Sie blieb stehen, lauschte. Der Zugwind blies ihr Zigarettenrauch in die Nase. Sie warf einen zaghaften Blick über die Schulter, aus den Augenwinkeln sah sie sechs knöchelhohe, klobige Schuhe. Der Wind trug ihr Wortfetzen zu: „Feige Sau!" „Penner!" „Ihr werdet es erleben!"

Mit einer Hand klammerte sie sich am schmierigen Geländer fest, nahm zwei Stufen zugleich, hechtete hinunter in den Fußgängertunnel.

Sie hörte nur noch zwei, nicht mehr sechs Füße. Dumpf, ohrenbetäubend.

Sie erreichte das Tunnelende.

Links oder rechts? Die Treppe endete genau in der Mitte. Links blendete sie strahlenförmiges Licht. Ein Auto? Ihre Beine verselbständigten sich, ihre Füße hetzten über Bier durchtränkten Boden, Uringestank schlug ihr entgegen, die Nasenflügel blähten sich wie Nüstern, sie galoppierte an einer immer schneller werdenden Kachelwand entlang; ihr Pferdeschwanz flatterte im Wind, das Licht kam näher, wurde klarer, runder, kleiner, heller.

Das Blut rauschte in ihren Ohren.

Einer hinter ihr – zwei vor ihr, mit Taschenlampen, es gab kein Entkommen.

Zwei Zuschauer, ein Macher.

Der drückte sie mit dem Rücken an die stinkende Kachelwand, seine linke Hand platzierte er direkt neben ihrem Kopf; er keuchte rauchigen Atem.

„Wenn du dich nicht wehrst, dann tut es nicht weh."

Seine tiefe Stimme irritierte Julia, sie passte nicht zu seinem Alter. Er dürfte nicht viel älter als sie gewesen sein. Sein Blick war kalt, böse, so musste der Teufel aussehen.

„Komm schon", er griff ihre Handgelenke. „Nun komm, du Hure, oder du fährst zur Hölle."

Hölle. Das Wort hallte in ihr wider. Ihr Vater sprach es so oft aus. Also musste es wahr sein. Wer sich nicht fügt, ...

Er zog sie durch den Tunnel und schubste sie draußen zu Boden. Hier ließ er sich über sie auf die Knie fallen, zog seine Jeans bis zu den Knien hinunter, grapschte sich an den Schritt, dann fummelte er an Julias Reißverschluss, riss die Hose mit beiden Händen über Hüfte und Oberschenkel.

„Halt' still!", brüllte er, während sie im feuchten Gebüsch lag, gestoßen, Mascara brannte in ihren Augen, er drückte ihre Arme über ihrem Kopf in den Dreck, seine Zunge in ihrem Mund brachte sie zum Würgen.

Sie fixierte ihren Blick auf verdorrte Blätter an knorrigen Ästen, die ihr zuzuwinken schienen, den Herrn will ich preisen Dein Reich komme Dein Wille geschehe Wie es dem Herrn gefällt, eine Fackel loderte zwischen den Schamlippen auf, ein scharfer Schmerz, ein Stich, das Rattern eines Zugs legte sich über ihr Schreien, Gott steh mir bei, stärke mich, erhöre mich, erhöre mein Gebet, beschütze mich, erbarme Dich meiner, sei mir gnädig, o Herr!

Sie biss in seine Zunge.

„Hure!" Er drückte ihr die Kehle zu – ließ dann aber von ihr ab.

„Fertig."

Sie rührte sich nicht, bis er gegangen war. Noch im Liegen zog sie sich an. Dann stand sie auf. Vornübergebeugt, im neunzig Grad Winkel, die Hände, wie zum Gebet zusammengelegt, steckten zwischen den Schenkeln, ihr Herz klopfte so schnell, wie die Gedanken durch ihren Kopf tobten, ich kann nicht mehr nach Hause, nie mehr, was habe ich nur getan?, es ist meine Schuld!, was soll ich nur sagen?, ich bin hingefallen?, gestolpert?, in eine Pfütze?, was ist passiert?, ich wünschte, ich wäre tot!, was ist, wenn ... o, mein Gott – beschütze mich, der Teufel hat mich heimgesucht, sollte ich jetzt – schwanger sein?, ich erzähle nichts davon, nur dass ich gestürzt bin und Jutta mir eine Jeans geborgt hat. Aber – woher soll sie so fix eine Hose geholt haben? Meine schmutzigen Sachen habe ich in der Pizzeria liegen lassen!, o, das stimmt ja auch!

Julia seufzte erleichtert. Doch zugleich zitterte sie am ganzen Körper. Nur noch wenige Schritte bis nach Hause. Sie wischte mit dem Handrücken kräftig über ihre Lippen, um die verräterischen Reste des Lippenstifts zu entfernen.

Sie rieb ihre tränennassen Augen und verschmierte die Mascara, ich bin ein schlechter Mensch!, Heiliger Vater, bestrafe mich!, Vater, sei gnädig!, Vater, ich liebe dich.

Die Blitze schaffen es nicht, die tobenden Wolken zu spalten, mögen sie auch noch so oft züngeln. Julia starrt in den Spiegel. Die Gestalt darin löst sich in ein gräuliches Etwas auf.

Den Blick leer, wankt Julia ziellos durch die Wohnung, läuft gegen die Küchenzeile. Wie eine Blinde tastet Julia die Arbeitsfläche ab. Dann liegt sie schwer in ihrer Hand: die Schere.

Denn der Schneider mit der Scher' Kommt sonst ganz geschwind daher, Und die Daumen schneidet er ab, als ob Papier es wär'. Weh! Jetzt geht es klipp und klapp Mit der Scher' die Daumen ab, Mit der großen scharfen Scher'! Hei! Da schreit die Julia sehr.[6]

Klipp und Klapp die Haare ab, es rieselt Stimmengewirr.

Missbraucht, missbraucht, du hast seine unendliche Güte missbraucht, gestorben, für dich.

Blut perlt ihre Schläfen hinunter, tröpfelt auf den Brief und formt sich zu roten Buchstaben:

Sie ist zurück!

„Hör auf! Hau ab! Halt die Klappe!" Julia sticht auf den Brief ein, reißt die Schere durchs Papier, dann durch ihren Leberfleck auf dem Unterarm. Ihr wird schwarz vor Augen. Ein nervenzerreißender Lärm wie das Quietschen von Bremsen eines Zugs kreischt in Julia. Die Beine knicken ein, sie sinkt zu Boden.

Julia schlotterte, als sie die elterliche Wohnung erreichte. Leise schloss sie die Tür auf, ich muss ins Bad, sie dürfen mich nicht sehen. Vorsichtig drückte sie die Tür einen Spalt auf, ihre Eltern saßen in der Küche, ein Orgelkonzert lief im Radio.
„Du bist zehn Minuten zu spät!", donnerte Vaters Stimme durch die Wohnung. „Erkläre mir...", er trat in den Flur.
Julia schlug ihre Hände vors Gesicht. „Bitte, Vater, bitte, ich kann nichts dafür ..."
„Kümmere dich um sie!", befahl er ihrer Mutter und verschwand in der Küche.
Julia flüchtete ins Badezimmer, legte die Hände schützend über ihren Kopf, um die Schläge ihrer Mutter abzuwehren, zwei, drei, vier, dann aber – unverhofft – umarmte die Mutter sie, fest umklammert hockten sie sich auf den Badewannenrand. Begleitend von heftigem Schluchzen versuchte Julia zu erzählen, was passiert war. Ihre Mutter sagte nichts; ein Blick in ihre verweinten, liebenden Augen verriet Julia aber,

dass sie genauso litt.

Wenige Wochen später, als das Unfassbare sich bewahrheitet hatte, musste sich Julia Vaters Deutung ihres Unglücks anhören: Beide knieten in der Küche vor dem Kreuz.

„Nicht der Heilige Geist ist bei der Firmung auf dich hinabgefahren, sondern der Leibhaftige. Jetzt lebt er als Parasit in dir, Julia. Dein Stigma, das Feuermal auf deinem Arm, ist die Prophezeiung deines Sündenfalls gewesen. Die gotteslästerliche Befleckung, das Kind in deinem Bauch, es bedeutet den Einzug des Teufels durch die weibliche Pforte zur Hölle." Er pendelte mit dem Oberkörper – vor und zurück. „Der Sünder, der nach dem Tod im unauslöschlichen Flammenmeer der Hölle ewige Pein leidet, erntet genau das, was er gesät hat. Ich habe geahnt, in dir wuchert ein übles Geschwür."

„Du sprichst von deiner Tochter", unterbrach ihn ihre Mutter mit leiser, zittriger Stimme.

„Wieso habe ich ihr nur vertraut? Sie hat mich in die Sünde hineingezogen. Erinnere dich: ihre Zerfahrenheit, ihre Tobsuchtsanfälle, die sie als kleines Mädchen hatte. Nur Beten hilft, die Züchtigung der Gedanken, sie ist eine Gefahr für sich, für uns, wir bitten um Vergebung, Herr." Er faltete die Hände so fest, dass die Knöchel weiß wurden. „Herr, ich bitte dich, gebe ihr die Erkenntnis, dass wir unwürdig sind, über uns selbst zu bestimmen. Führe sie in den Gehorsam, Herr."

Er hielt sich an der Tischkante fest und zog sich hoch. Julia kauerte auf einem Stuhl und riss mit Daumen und Zeigefinger der rechten Hand die Nagelhaut am linken Daumen ab.

Er reckte die Arme gen Himmel: „Ohne Gottes Gnade kommt niemand zurecht, Julia, auch der Unschuldige nicht, so sehr er auch gottesfürchtig hier auf Erden leben möge. Wir sind alle Sünder. Gott hat alle in den Ungehorsam eingeschlossen, um sich aller zu erbarmen. Aber in seiner unermesslichen Güte holt er dich am jüngsten Tag an seine Seite. Darum entledige dich deiner Sünde, wenn sie deinen Körper verlassen hat, in dem sie gezeugt wurde; opfere die Frucht deines Vergehens, damit du nicht in die Hölle fährst. Hoffe auf das Fegefeuer, nur dort wirst du vollkommen geläutert werden, um ins Paradies zu kommen. Für deine Schuld ist Jesus am Kreuz gestorben. Bete!" Er faltete die Hände und senkte den Kopf. „Herr Jesus Christ, der du dein Blut am Kreuz vergossen hast zur Vergebung meiner Sünden, erbarme dich."

Julia saß gebeugt auf der Stuhlkante, Buße, wofür?, ich habe Jesus weder verraten noch ans Kreuz geschlagen, aber – was für ein frevelhafter Gedanke!

Sie spürte, wie Röte ins Gesicht stieg. Was hatte er immer gepredigt? Gott sieht alles! Er ist überall! Er liest dich! Böse Gedanken kannst du nicht verstecken!

Vater nahm wieder auf der Bank Platz und blätterte im Buch der Bücher. Kleine Zettel zwischen den Seiten markierten wichtige Bibelstellen, auf jedes hatte er ein Stichwort geschrieben.

„Da ist sie, die Bergpredigt. Höre zu, Julia: ‚Wenn dich aber dein rechtes Auge verführt, so reiß es aus und wirf's von dir. Es ist besser für dich, dass eins deiner Glieder verderbe und nicht der ganze Leib in die Hölle geworfen werde'." Er reckte einen Zeigefinger in die Höhe und deklamierte: „‚Wenn dich deine rechte Hand verführt, so hau sie ab und wirf sie von dir. Es ist besser für dich, dass eins deiner Glieder verderbe und nicht der ganze Leib in die Hölle fahre'."[7]

Irgendwann rannte der Vater täglich in die Kirche, rutschte auf Knien vor dem Altar, Herr, erbarme dich. Christus, erbarme dich, Herr, erbarme dich. Christus, höre uns. Christus, erhöre uns.

Nie hatte sich der Vater nackt gezeigt. Nur einmal, einen kurzen Moment, als er verschwitzt vom Schrebergarten zurückgekehrt war und im Schlafzimmer das Hemd über den Kopf zog, konnte Julia durch den Türspalt Striemen auf seinem Rücken erkennen und hörte ihn murmeln:

„Ich aber sage euch: Wer eine Frau auch nur lüstern ansieht, hat in seinem Herzen schon Ehebruch mit ihr begangen."[8] Er nahm die Bibel und drückte sie fest an sein Herz. „Heilige Maria, bitte für uns. Heilige Mutter Gottes. Heilige Jungfrau der Jungfrauen. Mutter Christi. Mutter der Kirche. Mutter der göttlichen Gnade. Du reine Mutter. Du keusche Mutter. Du unversehrte Mutter. Du unbefleckte Mutter."[9]

Es folgten Wochen unerträglichen Schweigens. Selten wagte Julias Mutter einen liebevollen Blick, senkte ihn aber sofort, wenn sie spürte, dass ihr Mann sie dabei beobachtete.

Dann kam der verhängnisvolle Tag: Der Vater hatte nach dem täglichen Abendgebet, mit Blick auf die gefalteten Hände, gepredigt:

„Du hast Jesus' Vertrauen missbraucht! Du hast geglaubt, über dich selbst bestimmen zu können. Nun weißt du, wie gefährlich es ist, Gott ungehorsam zu sein. Wie frevelhaft zu glauben, dass du alleine dein Schicksal in deine Hände nehmen kannst! Wenn du glaubst, du wüsstest selbst am besten, was für dich gut und richtig ist, dann heißt das, dass du seinem Gebot nicht gehorchst und somit den Tod verdienst. Begreife endlich: Dein nichtswürdiges, menschliches Denken musst du Christus' Worten unterstellen, damit es ihm gehorchen muss."

Missbraucht! Ihr Herz wollte vor Traurigkeit zerspringen. Wer war denn hier missbraucht worden?

Die Mutter saß aschfahl, zusammengesunken am Tisch. Wenige Tage darauf fing sie Julia vor der Schule ab und teilte ihr mit, bevor ein größeres Unglück passiere, müsse sie in ein Mädchenheim gehen, noch bevor sich ein Bäuchlein wölben konnte. Gretel, ihre Puppe, sollte die einzige Verbindung nach Hause bleiben.

Im Dunst der verblassenden Erinnerung verschwindet das Kreischen.

Agneta

Donnerschläge rollen heran. Dort, wo Kirchturmspitzen in Wolkenbäuche piken, erhellen Blitze den Horizont.
Der rote Teppich leuchtet einladend. Agneta schmiegt sich in den Teppich. Korbinian steht über ihr und zögert.
„Was ist?", fragt sie.
„Spatzl, wie mach' ich das jetzt? Ich bin nicht mehr so gelenkig."
Sie mustert ihn. Bei einem Mann seiner Statur, hünenhaft gleich einem ehemaligen Zehnkämpfer, erweist sich vermutlich die Entfernung zwischen ihm und ihr als ein fast unüberwindbares Hindernis. Er lässt die Hose fallen und ächzt. Langsam schafft er es auf den Boden. In den Gelenken knackt es. Kniend vor ihren aufgestellten Beinen, entledigt er sich des Oberhemds und T-Shirts. Agneta richtet sich auf, streckt die Arme nach oben.
„Hilfst du mir bitte?"
„Ja, aber wie?" Er greift ihr Kleid am Saum, und während sie sich windet, versucht er, es ihr über Po und Taille zu ziehen.
„Ach, du Sch…", flucht sie, „du musst den Reißverschluss an der Seite ganz öffnen!"
Aber sie hört nur ein Rumsen neben sich und der Boden vibriert.
„Was ist?"
„Umgekippt. Einfach umgefallen, ich hab' das Gelichgewicht verloren", schallendes Lachen platzt aus ihm heraus. „Sei froh, dass ich mich noch abfangen konnte. Ich hätte dich wie eine Abrisskugel zerschmettert."
„Korbinian! Ich finde das gerade nicht lustig. Ich bekomme keine Luft mehr!" Sie zappelt mit Armen und Beinen. „Nun hilf mir doch!" Aber sie hört nur sein tiefes Grölen.
Der Stoff reißt, endlich kann sie das Kleidungsstück mit einem Ruck wegziehen. Korbinian liegt neben ihr auf dem Rücken und kriegt sich nicht mehr ein.

„Ich hätte ersticken können, du Lump!" Agneta wirft sich auf ihn, startet einen aussichtslosen Ringkampf, hämmert gegen seine Brust, schlägt mit der flachen Hand auf seinen Bauch, und bleibt schließlich auf ihm liegen, Arme und Beine hängen links und rechts neben seinem Leib, was ist eigentlich so spaßig gewesen?, hat er mich ausgelacht?, bestimmt habe ich total blöde ausgesehen, ach, nein, er lacht mich nicht aus, er hat einfach nur eine gute Zeit und freut sich. Agneta rutscht zu einer Seite hinunter.

Der Regen scheint zu applaudieren, derart prasselt es auf Ziegel und Terrassenmöbel. Die cremefarbenen Stores aus edler Shantung-Seide blähen sich im Sog des Windes durch die geöffneten Terrassentüren.

„Hast du mich eben ausgelacht?", fragt sie.

„Um Gottes Willen, ich habe mir nur vorgestellt, wie ich ausgesehen haben muss. Komm, leg' deinen Kopf auf meine Schulter."

Agneta schmiegt sich an Korbinian, endlich, endlich kann ich zur Ruhe kommen, wenn er doch …

„Weiß dein Nachbar von Lucias Läusen?"

„Oh, Mann, Korbinian, ich war gerade frei im Kopf. Nein, weiß er nicht. Ist auch besser so." Wie ärgerlich, jetzt sind sie wieder da, die Gedanken an Ludovico und mein schlechtes Gewissen.

„Wenn du meinst." Er drückt ihr einen Kuss auf die Stirn.

Kürzlich stand Ludovicos Wohnungstür offen, als Agneta nach Hause kam. Beethovens Neunte zog sie magisch an. Sie folgte seiner Einladung zu bleiben. Das Atelier erstrahlte grell im Kunstlicht, obwohl das Tageslicht ihrer Meinung nach genügt hätte.

„Möchtest du?" Er bot ihr einen Joint an. Sie zögerte, dann nahm sie ihn. Sie setzten sich auf ein übergroßes Bodenkissen. Neben ihr lag ein Ausstellungskatalog. Sie fing an, darin zu blättern.

„Ich mag deine Bilder. Sie sind halluzinativ, und die Farben und Formen scheinen sich zu bewegen."

Ludovico zeigte auf den Joint und grinste. „Manchmal, wenn's ganz schlimm in mir aussieht, nehme ich auch härtere Sachen."

Sie zog am Joint und fühlte, wie ihr Wille schleichend entschwand, sie schwebte, drehte sich um die eigene Achse, (oder drehten sich die Wände?). War sie das, die da ohne Unterlass erzählte?

„Ich lebe seit Jahren an meinen Wünschen vorbei. Ich habe immer das Gefühl, meine Dankbarkeit gegenüber meinen Eltern durch Leistung beweisen zu müssen. Sie haben mir alles ermöglicht, obwohl sie gar nicht meine leiblichen Eltern sind, aber dennoch sind sie meine Eltern, die ich liebe. Aber nun zweifle ich ständig, ob ich Lucia auch genug Liebe und Aufmerksamkeit schenke." Sie schloss die Lider und sah bunte Glasscherben unablässig vom Himmel in den Horizont fallen.

Ludovico hatte begonnen, über seine Eltern und das Thema Eltern-Kindliebe verächtlich zu reden. Als er von dem Leben und den Übergriffen im Kinderheim erzählte, fing sie hemmungslos an zu weinen.

Korbinian richtet sich langsam auf und stützt sich auf den rechten Unterarm. Schon spürt sie seine linke Hand zwischen ihren Oberschenkeln.

„Agneta, wo bist du?", fragt er.

„Bitte? Hast du was gesagt?"

„Wo warst du mit deinen Gedanken?"

„Korbinian, bitte, ich glaube", sie rückt von ihm weg, „ich bin absolut unentspannt." Sie setzt sich auf, zieht die Beine an und umklammert sie.

„Was meinst', Spatzl?"

Sie pustet eine Haarsträhne aus ihrem Gesicht. „Ich kann das nicht."

„Was ist denn los?" Er klingt ungeduldig.

„Ich habe halt ein schlechtes Gewissen. Auch schon wegen der Läuse. Ich weiß, dass Ludovico sich auf Grund eines fiesen Erlebnisses im Kinderheim vor Läusen ekelt." Sie greift nach dem zerknüllten Kleid und legt es über ihre Schultern. „Es fühlt sich nicht gut an." Rasch steht sie auf. „Ich muss mal kurz rübergehen. Ich finde, Lucia sollte zu Bett."

Agneta steigt hastig in einen kuscheligen Hausanzug und eilt zur Wohnung des Nachbarn. Sie klingelt. Sie erkennt den Song der *Toten Hosen* durch die Tür. Es dauert, bis sie geöffnet wird. Lucia steht vor ihr.

„Mama, ich will noch nicht nach Hause", protestiert die Kleine. „Guck, was für einen Spaß wir haben." Und sie stolpert im übergroßen Overall zur Leinwand.

„Aber nicht mehr lange, bitte, dann bringt dich Ludo zu Bett. Ist das Okay für dich, Ludo?"

Er bejaht mit hochgestrecktem Daumen und zwinkert ihr zu.

„Da bist du ja wieder, Spatzl", begrüßt Korbinian Agneta, Er liegt auf dem Bett, die Bettdecke bis über die Lenden gezogen und bedeutet ihr mit ausgestreckten Armen, zu ihm zu kommen.

Sie schlüpft aus dem Anzug. „Es ist alles gut."

Begleitet vom Aufbrausen der Wettergötter, klettert sie über ihn, spreizt die Finger, gleitet mit Armen und Oberkörper an ihm hoch, flüstert ihm ins Ohr, bei ihr habe sich in ihrer Treue nichts geändert, sie könnten das Pure genießen. Sie beginnen, im schweigsamen Miteinander die Körper zu entdecken, zu ertasten, zu erschnuppern, halten die Energie zurück um das Erwartete, das Ersehnte hinauszuzögern, erreichen in absoluter Intimität das Erlösende.

Das vertrauliche Schweigen währt eine Zeit. Allein die Welt draußen ist mit Toben noch nicht fertig. Das schummrige Halbdunkel hat sich über ihre wohlig erschöpften Körper gelegt.

„Wie spät haben wir es?", fragt Agneta.

Er wirft einen kurzen Blick auf die Armbanduhr. „Viertel Neun", antwortet Korbinian.

„Und das heißt auf Hochdeutsch?"

„Fünfzehn Minuten nach acht Uhr und – warte – fünfzig Sekunden."

Sie hält einen Moment inne, lauscht, keine Musik mehr nebenan.

„Apropos Uhrzeit", brummt Korbinian, „magst, dass ich

über Nacht bleibe? Ich müsst' nur kurz im Hotel einchecken, du weißt, wegen des Alibis. In der Zeit könntest du dein Mädel zu Bett bringen."

Schon wieder! Schon wieder verleugnet er sie! Wie er lügen wird am Telefon, alles gut, Haserl, ich muss viel arbeiten, es wird spät, herz den Buben von mir, Bussi, Bussi. Ich ruf' dich morgen wieder an.

Er legt einen Arm um ihre Taille. „Mei, ich muss jetzt grad an meinen jüngsten Bub'n denken", Korbinians Bass klingt wie weichgespült, „das Herzerl."

„Aha."

„Stell dir den Dreikäsehoch vor! Ohne sein FC Bayern Outfit geht er koan Schritt mehr raus, auch nicht ins Bett. Man müsst' dann ja bös' sein, aber ich kann nur lachen. Er ist freilich mein spätes, großes Glück!"

„Ich finde das ja toll, dass du Kinder magst. Aber – glaubst du nicht", Agneta will sich aus Korbinians Umklammerung befreien, „dass mich das jetzt, wo ich mit dir gerade Sex hatte, verletzen könnte?"

Korbinian dreht sich auf den Rücken und verschränkt die Arme hinter den Kopf.

„'tschuldige, aber ich dacht', einer guten Freundin kann ich von meinem Glück erzählen."

Schon wieder eine Bemerkung, die Übelkeit in ihrem Solar Plexus auslöst, Kribbeln in Haarwurzeln und Fingerspitzen. Er kann sie nicht verstehen!

Korbinian richtet sich auf und schaut sie fragend an. „Du hast Gänsehaut." Er greift nach seinem T-Shirt und reichte es ihr.

„Gute Freundin?", sie nimmt das T-Shirt, „wie viele gute Freundinnen hast du?"

„Solche Fragen stellen Eheweiber, keine Geliebten."

„Hallo? Gute Freundin? Geliebte? Was glaubst du, wer ich bin? Ein Hausfrauchen, das ab und zu aus dem langweiligen Trott herausgeholt werden will? Eine Nutte, du alter Bock? Oh, Mann, ich muss mich zügeln. Ich raste gleich aus."

Sie zieht die Beine näher heran, fühlt sich wie eine Porzellanfigur mit einem Riss. „Hast du eine Ahnung, wie weh das tut? Da warte ich Tage und Wochen auf dich, belaste dich nicht mit Kinderlala und Puppenspielchen, sondern präsentiere mich als perfekte Frau, unabhängig und erotisch zugleich, und dann – Geliebte?"

Es brodelt in ihr, ihre Stimme kann die Wut, die Enttäuschung nicht verleugnen. „Ich schaufle alle Termine weg, sobald du dich ankündigst – und das meistens kurzfristig, bettle andere an, Lucia zu hüten, bereite dir ein Paradies …"

Korbinian unterbricht sie. „Ich weiß, was du dir wünschst, aber du kennst meine Antwort. Ich habe es dir deutlich gesagt: Es gibt für mich keine Alternative zu meiner Familie!" Er setzt sich auf die Bettkante.

Sie schmeißt ihm das Shirt entgegen. „Bedeck' dich!", und mit harten Schritten geht sie ins Badezimmer. Schnaubend stellt sie sich unter die Dusche. Er ist ihr gefolgt, legt ein Handtuch um seine Lenden und wartet mit verschränkten Armen im Türrahmen des Bads.

„Hast du wirklich geglaubt, dass ich dich zur Ehefrau haben wollte?"

Sie dreht das Wasser ab.

„Ein Mann, wie ich? In meinem Job? Ich brauche meine Familie, die Kinder, die ich über alles liebe. Ich will aber auch", er zögert, „Anerkennung - außer Haus. Du bist nicht die einzige, Agneta. Außerdem bin ich katholisch. Ich lasse mich nicht scheiden."

Agneta reißt die Duschtür auf, steigt heraus und wickelt ein Badetuch um den triefnassen Körper.

„Du bist der größte Arsch, den ich je kennengelernt habe!"

Korbinian lässt sein Handtuch zu Boden fallen, um zu duschen. Im beschlagenen Spiegel sieht Agneta ihre mit Mascara verschmierten Augenpartien. Sie zieht ein Kleenex aus der Box und wischt über den Spiegel, nimmt ein Augenpad und schminkt sich ab. Die Dachziegel klappern.

„Ich bin schwanger."

Ludovico

"Los geht's, Lucia!"

Bei voller Lautstärke spritzen und schütten der große Künstler und die kleine Künstlerin im viel zu großen Overall Farben in unterschiedlichsten Rottönen über die Leinwand. Kleine und große Füße drücken die zähe Flüssigkeit zu *Hier kommt Alex* auseinander; auf allen vieren toben sie über den Canvas. Er stupst die kleine Aktionskünstlerin an. Plumps, fällt sie auf die Seite und jauchzt, tritt ihm kräftig ans Schienbein. Er tut so, als ob er sich nicht halten könnte und lässt sich ebenfalls fallen.

Lucia brüllt irgendetwas.

Er kullert über die Seite zu ihr. „Was hast du gesagt?"

Sie schreit ihm ins Ohr. „Ob meine Läuse dadurch kaputtgehen?"

Agneta

Korbinian dreht das Wasser in der Dusche ab, schiebt die Glastür zur Seite. Agneta erkennt seinen geöffneten, fragenden Mund, die hochgezogenen Augenbrauen, die Falte dazwischen.

„Was bist du?", fragt er, hebt sein Handtuch auf und trocknet sich ab.

Im Spiegel sieht sie sein Antlitz, das Verachtung verrät. Die Lippen zusammengepresst, streift sie ihren Bademantel über, geht ins Wohnzimmer und zieht die Vorhänge zurück. Der Himmel hat sich immer noch nicht beruhigt, passend zu ihren Gefühlen tobt das Unwetter.

Sie registriert das Kratzen von Metall, das beim Verschließen einer Gürtelschnalle entsteht, vernimmt das Rascheln des Oberhemds beim Anziehen, das Stöhnen des Mannes, der sich bückt, um die Schuhe anzuziehen. Er zieht das Jackett an, in dem die Autoschlüssel klappern.

„Mit mir nicht", sagt er und nimmt die Reisetasche.

Sie blickt über eine Schulter. Er öffnet die Wohnungstür, bleibt kurz stehen, schüttelt den Kopf und geht.

Petra Kern

„Deine Häppchen sind einfach köstlich, Petra." Stella nimmt eines und geht damit in Richtung Balkontür. „‚Hey, hier kommt Alex!'" Sie blickt nach oben und spricht im Takt der Musik. „‚Erst wenn sie ihre Opfer leiden sehn, spüren sie Befriedigung. Es gibt nichts mehr, was sie jetzt aufhält. In ihrer gnadenlosen Wut.'" Sie schiebt das Häppchen in den Mund.

„Klingt nicht gerade nach einem Kirchenlied." Petra betrachtet Stella. „‚Befriedung' und ‚Wut'? Wieso kennst du derartige Texte?"

Stella geht zum Tisch, setzt sich und schenkt Weißwein nach. „Weshalb wir hier sind", sie räuspert sich und faltet die Hände wie zum Gebet. „Wir freuen uns, dass wir eine engagierte Frau wie dich, Petra, für uns gewinnen konnten."

Petra geht zur Küche und kommt mit einem Schwammtuch zurück. „Das ist der Punkt. Es fällt mir schwer, aber ich fürchte, ich fühle mich …", sie wischt an einer Bodenvase, „nun, es ist zu viel für mich."

Fariba schaut Smartphone hoch, Evamaria stellt ein Silbersalzfässchen zur Seite, Stellas Finger sind immer noch ineinander verschränkt, nur die Daumen drehen umeinander. „Und warum hast du uns dann eingeladen? Hättest du uns auch am Telefon mitteilen können, dann hättest du dir nicht so viel Mühe machen müssen."

Petra bückt sich und wischt die Unterkonstruktion des Tisches. „Zumindest will ich mich für euer Vertrauen bedanken."

„So, so", sagt Evamaria, „bist du beruflich sehr eingespannt? Was machst du denn so?"

Dieses Rumpelstilzchen, denkt Petra, richtet sich auf und geht zurück in die Küche, um den Schwamm gründlich auszuspülen. Das Telefon klingelt. Sie nimmt das Mobilteil aus der Ladeschale, schaut kurz auf das Display.

„Hallo, Nele, mein Schatz."

„Hallo, Mama. Hast du noch Besuch?"

„Ja, klar, der Abend ist noch jung. Gewittert es bei dir auch so heftig?"
„Ja. Wann können wir denn miteinander reden? Heute Abend noch?"
„Wo bist du? Nicht in Ludwigshafen?"
„Auf dem Weg nach Hause."
„Nele, bist du schwanger?"
„Neee, so ein Quatsch."
„Na, Gott-sei-Dank. Dann bitte ich dich um Verständnis, dass wir später telefonieren."
„Okay."
„Bist du nun berufstätig oder nicht?", hakt Evamaria nach, während sie unter den Teller vor ihr einen prüfenden Blick wirft und mit der Zunge schnalzt.
„Für meine Tätigkeit gibt es keine Berufsbezeichnung." Petras Fingerknöchel werden weiß beim Auswringen des Wischlappens. Sie reißt ein Stück Küchenpapier von der Rolle und trocknet die Spüle.
„Sei doch nicht so neugierig, Evamaria", mischt sich Fariba ein. „Ach, entschuldigt mich, ich muss ans Handy." Es klingt Arabisch, was sie ins Telefon spricht, hektisch, dabei gestikuliert sie wild. „Ich bin zu erreichen", beendet sie das Gespräch auf Deutsch.
„Etwas Wichtiges?", fragt Evamaria. Sie hebt das Rotweinglas dicht vor die Augen und setzt es dann an die Lippen.
„Geht dich nichts an", antwortet Fariba barsch, fügt aber rasch hinzu: „Pardon, ich bin nervös. Ist privat." Sie beißt auf die Unterlippe, als wolle sie ein Weinen unterdrücken. „Ich brauche frische Luft."
Fariba nimmt ihr Glas vom Tisch und stellt sich auf die Schwelle zwischen Zimmer und Balkon. „Das ist ja ein Rumpeln und Quietschen da oben. Die scheinen Spaß zu haben."
„Was verstehst du unter berufstätig?" Petra setzt sich neben Evamaria.
„Etwas, wofür man Geld bekommt." Evamaria schmatzt genüsslich.
„Ja, dann!", meint Petra und setzt sich an den Tisch. „Mein

Mann bezahlt mich vorzüglich!" Sie präsentiert ein triumphales Lächeln und lehnt sich zurück. „Termine, Termine, Termine." Sie beugt sich vor und arrangiert die Häppchen. „Ich muss an der Seite meines Mannes zahlreiche repräsentative Aufgaben übernehmen. Morgen Abend – Lang Lang", sie winkt ab, „Konzerte langweilen mich."

„Dann geh' nicht hin", bemerkt Evamaria. Ihre Wangen glühen wie Bratäpfelchen. Sie nimmt die Brille ab, haucht die Gläser an und putzt sie mit einer Stoffserviette und hält sie gegen das Licht. „Der Kronleuchter zittert. Was machen die da bloß über uns?"

Getrampel aus der darüber liegenden Wohnung lässt die Deckenleuchte erzittern. Wie auf ein Kommando gucken alle hoch.

„Was ist das?" Evamaria schaut besorgt zu Stella hinüber. Die hat sich unbemerkt auf das Sofa gesetzt.

„Hört sich an, als ob der Typ da oben Stepptanz macht", mutmaßt Fariba.

„Durchaus möglich", sagt Stella, „Im Film *A Clockwork Orange* töten die Droogs eine Frau zur Musik *I'm singin'* in *the Rain*. Ludovico tanzt gerne dazu. Er braucht das, um in Speed zu kommen, wie er sagt."

„Woher weißt du das?" Petra klaubt einen Krümel von ihrem Rock. „Aber Energie hat er. Seine Bilder schäumen über vor Farbintensität. Und er ist ein gei ... ups."

„Ich kann diesen Malermeister einfach nicht leiden. Dieses Scheißlied ist eine Vergewaltigung meiner empfindsamen Ohren." Axel marschiert zur Wohnungstür, reißt sie auf und brüllt durchs Treppenhaus: „Dreh' diese verkackte Musik leiser, oder – "

Die Musik geht aus.

„Na, siehst du."

Doch statt der Musik dringen Ludovicos und Lucias Stimmen hinunter.

„Nein, Lucia, nein, nein, nein. Raus mit dir."

„Ich will aber nicht!"

„Lucia, ich bring dich ...", ein Donner knallt über dem Haus.

Benjamin Bender

Der Duft von gedünsteten Garnelen in Öl und Knoblauch, gewürzt mit einem Hauch Curry, verbreitet sich in der Wohnung. Benjamin wendet die Capellini in einer Schüssel in der mit Weißwein abgestimmten Sahnesoße.

„Wie viel darf ich dir aufgeben, Mutti?"

„Nur wenig, bitte." Sie setzt sich an den Esszimmertisch. Die Holzstühle mit den hohen Rückenlehnen hat sie mit samtroten Hussen verschönert. Neben ihr sitzt in erwartungsfroher Haltung Putzi, offensichtlich darauf spekulierend, dass ihr etwas Leckeres vor die Pfoten fällt.

„Du hast wohl nicht viel Hunger?", fragt Benjamin.

Anke dreht ein paar dünne Spaghetti mit der Gabel auf, lässt sie langsam wieder hinuntergleiten und schaut mit verschwommenem Blick auf ihren Teller. Ihre Handrücken sind fleckig geworden, die Adern schlängeln sich unter der trockenen Haut. Sie legt das Besteck beiseite.

„Warum fällt mir der Begriff ‚Gleichgewicht des Schreckens' ein?"

„Entschuldige, mein Smartphone brummt in der Hosentasche." Kaum hat Benjamin es in den Händen, um mit unglaublicher Fingerfertigkeit auf eine Nachricht zu antworten, knallt sie das Besteck auf den Teller.

„Benni, es ist ernst!"

Putzi läuft erschrocken weg.

„Irgendwann ist euer Erziehungsauftrag beendet!", antwortet er hart. Er steckt das Handy weg. „Mir reicht's. Ich muss hier weg."

„Bleib' bitte hier. Bitte! Sieh' mir nach, dass ich nur deine Mutter bin."

Benjamin setzt sich schwerfällig und füllt seinen Teller ein weiteres Mal. Wie ein müder Bauarbeiter nach einem langen schweren Tag, beugt er sich über das Essen, dreht die Spaghetti zu einem Klumpen um die Gabel.

„Du bist eine starke Frau und nicht *nur* meine Mutter", sagt er mit vollem Mund, ohne den Blick vom Teller zu nehmen.

„Gleichgewicht des Schreckens." Anke stützt ihr Kinn in eine Handfläche, schaut auf einen unsichtbaren Punkt auf dem Tisch. „Du liebe Güte, wie lange ist das her? Die Jahre haben wohl meine Erinnerung wie im Zeitraffer gekürzt?" Sie zupft mit Daumen und Zeigefinger an Härchen am Kinn „Gestern erst – na gut – vorgestern, musste ich meinen Eltern erklären, warum ich zu spät von der Disco zurückgekommen bin: um elf, statt um zehn Uhr abends! Kein Kleingeld für die Telefonzelle! Sprüche wie: Die Jugend von heute! Solange du deine Füße unter unseren Tisch stellst!"

Ihre Gesichtszüge entspannen sich und mit leichter Stimme erzählt sie, wie wichtig sie sich damals gefühlt hatte neben Heinrich Böll, Walter Jens, Petra Kelly, und wie sie alle hießen, im September 1983 in Mutlangen bei der Blockade gegen den NATO-Doppelbeschluss.

„Böll saß auf einem Hocker, das Käppi auf dem Kopf, das sich wie ein schlapper Pfannkuchen über den Schädel legte, eine Zigarette im Mundwinkel! ‚Unser Mut wird langen – nicht nur in Mutlangen' skandierten wir vor den Toren des US-Stützpunktes. Einige Protestierende hielten einen Banner hoch: ‚Wir leben in einer Vorkriegs- nicht in einer Nachkriegszeit'."

Mit einer Hand ahmt sie in der Luft den Schriftzug auf dem Banner nach. Sie sitzt kerzengerade, ihre Stimme klingt fest und jung. Sie greift nach der bunten Strickjacke, die über der Lehne des nächsten Stuhls hängt und legt sie über die Schultern, zieht sie eng an sich.

„Anfang Dezember – ach, es war kalt und es lag Schnee –, waren wir da. Stell' dir vor, ich trug ein Holzkreuz, ich, die damals schon aus der Kirche ausgetreten war. Das war eine Euphorie!" Sie steht auf. „Ich glaub', ich habe noch Dias."

Sie durchsucht eine Schublade des Wohnzimmerschranks und kommt mit einem grauen Plastikkasten zurück. Sie zieht zwei Reihen Dias hervor, setzt sich und hält jedes einzeln vor die Lampe über dem Esszimmertisch.

„Da ist es!" Sie strahlt, winkt den Sohn näher heran. Er muss sich über den Tisch beugen, um auf dem winzigen Bild etwas zu erkennen.

„Schau", sie deutet mit dem kleinen Finger auf einen Mann, der untergehakt zwischen zwei Polizisten hängt. „Das war Stuttgart 1982. Dieser Mann da brachte sogar Polizisten zum Lachen mit seinen Sprüchen, während er sich von ihnen wegtragen ließ."

„Bist du auch weggetragen worden?" Benjamin richtet sich auf und legt die Hände hinter den Kopf. „Wie hältst du es nur in der Strickjacke aus? Mir ist's im T-Shirt schon zu warm."

„Die hatte ich damals schon. Selbst gestrickt." Sie streichelt zärtlich über die Wolle. Fröhlich erzählt sie, dass ein Polizist, der sie wegtragen wollte, von der Menge zu Boden gedrückt worden war.

„Er fiel hin und lag hilflos wie ein Käfer auf dem Rücken. Seine Kollegen ließen von mir ab und halfen ihm auf die Beine. Ich kann eine gewisse Schadenfreude bis heute nicht verleugnen. Es hatte sich wie ein Sieg angefühlt. Aber dann waren sie wieder da. Ich sah dem Polizisten in das rot angelaufene Gesicht, Lippen zusammengekniffen, schnaubend. Und dann stellten sie mich neben den Mann, der Protestierende und Polizisten aufheitern konnte. Der steckte mir einfach einen Joint zwischen die Lippen, lachte und sagte: ‚Den kannst du jetzt brauchen!' – da hatte ich mich in deinen Vater verliebt."

Ihre Stimme wird leiser. „Und plötzlich sitzt mein Sohn als selbstbewusster Mann am Tisch und will Soldat werden. „Weißt du was?" Aufgeregt schaut sie Benjamin in die Augen. „Ich hätte jetzt Lust, einen Joint zu rauchen. Geh' bitte in mein Arbeitszimmer, unterste Schublade meines Schreibtischs, da findest du eine alte Teedose."

„Ich bin Bundeswehrsoldat – fast zumindest!", protestiert Benjamin mit einem Grinsen. Aber er tut wie geheißen und holt die Dose.

„Friedlicher, ziviler Ungehorsam, Benni, das macht Spaß." Seelenruhig wickelt sie Tabak und Haschisch in einen Streifen Zigarettenpapier. „Nach meiner Operation habe ich mir das besorgt. Einfach so, übers Internet." Sie rollt den Joint und befeuchtet mit spitzer Zunge den Klebestreifen. „Nun mach schon den Mund zu, Benni, jüngere Eltern bekommst du nicht mehr. Gib mir mal Feuer." Sie schließt die Augen und inhaliert tief. Langsam lässt sie den Dampf aus Mund und Nase entweichen.

„Gleichgewicht des Schreckens", murmelt sie. „Ich fühl' mich leer und hohl, Benni."

„Man muss sich an den Tod gewöhnen", rutscht es ihm mit einer Bestimmtheit im Ton heraus, dass ihm die Röte ins Gesicht schießt. „Entschuldigung, das wollte ich nicht."

Anke schnellt hoch, zieht am Joint, dass er wie ein Stück Holzkohle glüht, wirft ihn in seine Spaghetti und gibt ihm eine Ohrfeige. Wie von Sinnen rennt sie auf die Terrasse hinaus, in den Regen.

„Mütter", sie dreht sich zu ihm, „Mütter sind für den Rest ihres Lebens gestorben, wenn ihr Kind tot ist. Und daran will ich mich nicht gewöhnen!"

Ein Knall. Ein Schlagen, wie das Hämmern von Fäusten an einer Tür, ist parallel zum Donnerkrachen zu hören und aus irgendeiner Wohnung schreit jemand:

„Hau ab!"

Ludovico

Ludovico mag Gewitter, ein göttliches Drama, – nein, Gott ist für ihn gestorben –, ein Spektakel mit Pauken, Regenharfe und Lichterspiel. Die Energie des Himmels würde er am liebsten auf der Leinwand einfangen. Das wäre ein gelungenes Werk!

Auf dem Sideboard liegen eine Glasplatte, der zusammengerollte Fünfzig-Mark-Schein, eine Rasierklinge und Reste weißen Pulvers. Sein rotverschmierter Overall liegt zerknautscht unter dem Behandlungsstuhl. Das gleißende Licht eines Scheinwerfers wirft einen langen Schatten seines Körpers auf die Leinwand. Nur in Boxershorts, tunkt er den Kulissenpinsel in einen Eimer mit schwarzer Acrylfarbe und malt die Konturen auf rostroten Untergrund. Das wellige Haar fällt ihm wirr über die Augen.

Ludovico taumelt, fühlt seine Stimmung steigen, seine Zunge ahmt die Bewegungen des Pinsels nach. Er greift zum Spatel, fällt auf die Knie, die Schneide kratzt Furchen in den Canvas, verletzt das Schattenbild. Es dreht sich, er fühlt sich wie im Kettenkarussell, nichts schmerzt, er fliegt, höher, schräger, sieht die Welt kopfüber.

Das Arbeitsgerät entgleitet ihm, matt richtet er sich auf und sinkt in den Behandlungsstuhl. Auf dem Bildschirm über ihm flackern Bilder, der letzte Akkord von *Beethovens Neunter Symphonie* aus *A Clockwork Orange* ist gespielt.

Sein Blick verliert sich im Nebel, den das Unwetter hinterlässt. Aus dem Dickicht der Kastanienblätter kommt ihm Julias Gesicht entgegengeflogen.

„Wohnen Sie nicht auch bei uns im Haus?", hatte Julia einige Monate zuvor auf seiner Vernissage in einer renommierten Galerie gefragt. Ihm war Julia bis dahin nie aufgefallen, schön aber unscheinbar, eine Elfe in schwarzer Seide. Die hochgeschlossene Bluse betonte das dreieckige Gesicht. Das kupferrote Haar war exakt auf Kinnlänge geschnitten, der Pony endete in waagerechter Linie knapp über den dunklen Augenbrauen.

„Das passt nicht zusammen", hatte sie gesagt. „Ein Künstler in unserem bürgerlichen Haus. Ich dachte, Ateliers sind in alten Fabrikhallen untergebracht."
Ludovico kräuselte die Lippen und legte den Kopf schief. „Ich teile mir noch eines am Stadtrand in einer alten Lederfabrik. Ich bin aber auch gern allein in meiner Wohnung."
Mit Weingläsern in den Händen schlängelten sie sich durch die plaudernde Menge.

„Ich arbeite hier", hatte Julia gesagt. „Es ist der wunderbarste Arbeitsplatz der Welt. Still und doch voller Emotionen. Und ich bestimme, was sie bei mir auslösen."

„Da sagst du was", bestätigte er, „Auslösen, das ist das Stichwort." Er betrachtete sie. Eine rätselhafte Aura umgab sie: Sie erschien ihm wie eine Seifenblase, schillernd, unantastbar, ein falscher Kontakt und ihre Seele wurde aus ihr heraustropfen und sie auflösen.

Unruhig rutscht er vom Stuhl. Als er sich nach dem hingeworfenen Pinsel bückt, fällt sein Blick auf das einzig gegenständliche Bild, das verloren in einer Ecke lehnt. Er nimmt die Zeichnung zwischen beide Hände. Der Rahmen ist gebrochen.

Das letzte Mal hatte er es in Händen gehalten, als Julia kurz zu Besuch war, um einen Katalog abzuholen. Sogleich war ihr in der Ecke das skizzenähnliche Bild aufgefallen. Wie einen zerbrechlichen Gegenstand zog sie es hervor.

„Wenn dahinter keine persönliche Geschichte steckt, dann hol' mich der Kuckuck", sagte sie.
Das Bild zeigte ein Strauchgewächs mit lila Blüten, die an einem Felsen rankten. Die Pflanze umschlang ein Motorrad, als ob sie es mit den dünnen, verknäuelten Ästen festhalten wollte. Nur der linke Rückspiegel, ein Teil des Vorderrads und des verrosteten Motors gab die Pflanze frei.

„Ja, meine Verletzlichkeit liegt darin", sagte er grimmig.

„Zeit, es zu zerstören", er wollte es ihr entreißen.

Julia verbarg es hinterm Rücken. „Seine Vergangenheit kann man nicht vernichten", sie klang seltsam verbittert. „Aber die Vergangenheit kann einen vernichten", ergänzte sie halblaut, während sie das Bodenkissen nahm und sich niederließ. Unmissverständlich winkte sie ihn zu sich und forderte ihn auf, sich neben sie zu setzen. Im Schneidersitz nahm er neben ihr Platz und legte das Bild auf seinen Schoß.

„Was zeigt das Bild?"

„Den verzweifelten Versuch einer Vergangenheitsbewältigung. Das Bild ist von 1992 in Matala."

„Die berühmte Hippiehochburg auf Kreta? Toll! Ich hätte da gern gelebt", schwärmte Julia. „Aber zu Matalas Blütezeit war meine alles andere als farbenfroh."

„Ich bin dort in einer der Höhlen geboren worden, mit dem spannenden Namen Ingo Steinbeiß, 1969, Mutter Deutsche, Vater Amerikaner. Und 1992 bin ich dorthin zurück, wollte mich erinnern. So ein Schwachsinn!" Er nahm das Bild und schlug es heftig auf die Knie. „Damit kam alles wieder hoch. Alles, alles, alles!" Er legte es zur Seite und rappelte sich hoch. „Dort hatte doch alles angefangen!"

„Leben deine Eltern noch?", fragte Julia und stand ebenfalls auf. Es vergingen ein paar Sekunden, bis er antwortete. „Weiß nicht. Die habe ich seit meinem vierten Lebensjahr nicht mehr gesehen. Sie schickten mich zurück nach Deutschland und steckten mich in ein Kinderheim und verschwanden." Er stieß das Bild mit dem Fuß weg. „Die Erzieher wollten aus mir einen Menschen ohne Dornen machen."

Auch an diesem gewittrigen Tag im Mai, als Ludovico das Bild wieder in den Händen hält, sieht er den Fahrer des Motorrads vor sich, seinen Vater, mit flatterndem Haar und Stirnband, Staubwolken aufwirbelnd. Der schwere Geruch von Patschuli steigt ihm in die Nase, es hämmert hinter der Stirn. Dann vermischt sich das Parfum in seiner Erinnerung mit dem modrigen Geruch eines feuchten Kellerraums. Er fühlt, wie sich hölzerne Finger um seinen Hals legen; Klauen rasieren ihn mit einer monströsen Klinge vom Nacken aufwärts. Es brennt. Es ist ihm, als ob eine Hand Gehirnschmalz aus Augen und Ohren quetscht. *Ihr seid alle ein verlaustes Pack!*

Julia

Julia, es ist nicht genug.

Julia hockt vor dem bodentiefen Wohnzimmerfenster und schlägt den Kopf kurz und kräftig immer wieder dagegen. Mit den Fäusten trommelt sie gegen ihre Schläfen. Ein Gurren, ein Krächzen entfährt ihr. „Lass' mich in Ruhe!"

Halt dein Maul! Töte deine Schuld. Die Schere, wo ist die Schere? Du musst das Leid des Vaters unter Schmerzen gebären, übernimm die Schmerzen für ihn.

Sie sucht verzweifelt den Boden ab. Da liegt sie! Neben einem Badetuch. Die Wände biegen sich zum Tunnel.

Glück gehabt! Genieße das Reißen, freue dich auf die Fackeln, die deinen Schoß verbrennen. Dann wird es dir gut gehen.

Sie nimmt die Schere und ritzt durch die Jogginghose die Innenseiten der Oberschenkel. „Hau ab! Raus mit dir!" Sie schnappt nach Luft. Wieder und wieder knallt sie mit dem Kopf an die Tür, unablässig, für immer, für ewig.

Hure! Es tut nicht weh, wenn du dich nicht wehrst.

Sie verschmilzt zu einem Klumpen, hinter den verschlossenen Lidern öffnet sich der Schleier der Vergangenheit.

Die wandhohen gusseisernen Heizkörper des Heims knackten, wenn sie sich schwerfällig erwärmten. Ungetüme, die schon in den 1970er Jahren sanierungsbedürftig gewesen waren. In den Lehr- und Aufenthaltsräumen trugen die Mädchen in kalten Monaten, wie in jenem Februar, mehrere Strickpullover übereinander, oft Handschuhe, bei denen die Fingerkuppen abgezogen werden konnten. Das war praktisch gewesen, Julia hatte angefangen, Fingernägel zu kauen. Das reichte bald nicht mehr. Sie schrubbte das rohe Nagelfleisch mit Stahlbürsten. Eine Weile konnte sie die Wunden mit den Strickhandschuhen verstecken, bis sie dann doch entdeckt wurden. Ihr blieb nichts anderes übrig, als sie wachsen zu lassen.

Schnell hatte sie Ersatz gefunden. Sie drehte Haarsträhnen um den Zeigefinger, im unbeobachteten Moment riss sie sich Haare aus und erlangte eine immer größere Geschicklichkeit darin; bald konnte sie die dünnsten Härchen zwischen Zeigefinger- und Daumennagel picken und herauszupfen. Säuberlich untersuchte sie sie danach, ob sie die Haarwurzel mit erwischt hatte, erst dann war sie zufrieden. Anfänglich reichte eine kleine Menge, aber die Sehnsucht nach dem kurzen Schmerz wuchs. Sie musste das lange Haar geschickt kämmen, um die kahlen Stellen zu verdecken.

Die Schlafsäle im Mädchenheim blieben unbeheizt, während die Zimmer der Aufseherinnen angenehm warm waren. Die weitere Ausnahme betraf den Raum, der für die Gebärenden eingerichtet worden war. Fast hätte Julia sich gewünscht, dass die Wehen nie aufhörten, endlich musste sie nicht frieren. Sie schaute an sich hinunter, die Wölbung mit dem „Ding" darin bewegte sich. Das „Ding" zerrte sie auseinander. Das „Ding": Der Vater hatte nie Baby oder Kind gesagt. Schließlich sei sie wegen ihrer lasziven Aufmachung an jenem Abend selbst verantwortlich für ihr Elend gewesen, dies sei die Frucht der Schuld.

Es war wenige Wochen vor der Entbindung, als die Mutter ihr mitteilte, dass sie sich um das Leben des Kindes keine Sorgen machen musste.

„Vater ist tot."

Ein Hitzeschwall schoss durch Julias Körper. Ihr Baby schien Julias Schrecken zu fühlen und bohrte ein Füßchen gegen ihren Bauch, dass Julia eine Beule spüren konnte, meine Strafe, ich bin eine Mörderin, er will mich vernichten, und ich hab' es verdient, er wird mich nie verlassen, das weiß ich, Gottes Rache wird mich begleiten und zerfressen, ich werde zugrunde gehen, wieso tut er mir das an?, wo bleibt das

Barmherzige?

„Vater ist sehr krank gewesen. Das Seil an der Buche neben der Kirche hat zuverlässig seinen Zweck erfüllt." Julia vermisste an Mutters Stimme Traurigkeit oder Entsetzen. „Im Abschiedsbrief hat er geschrieben", berichtete Mutter weiter, „dass ihm Jesus erschienen wäre und ihm bedeutete, ihn auserkoren zu haben, sich für die Sünden seiner Familie zu opfern den Sündenerlass könne er nur im Fegefeuer empfangen, dem Ort, an dem er auf die erlösende Läuterung hoffen konnte."

Mutter musste am Grab das Taschentuch nicht bemühen. Sie stach die kleine Schaufel in die bereitgestellte Erde und warf sie mit schnöder Geste auf den Sarg.

„Es tut mir leid, Julia", hatte sie gesagt, „dass ich eine schwache Mutter bin." Julia fühlte Mitleid. „Ich hätte diesen Wahnsinnigen verlassen sollen, wir hätten ihn verlassen müssen! Aber es war die Angst, in kompletter Armut leben zu müssen, die mich davon abhielt."

Der Sommerwind hatte mit Julias knielangem Kleid gespielt, asphaltgrau, dem sich ihre Gesichtsfarbe angepasst hatte. Die Knie durchgedrückt, die Arme steif an die Körperseiten gelegt, in einer Hand hielt sie die Puppe Gretel an einem Ärmchen fest, schaute sie in das Loch, verharrte dort in zeitlosen Momenten. Allmählich fingen die Finger der freien Hand an, sich zu bewegen, krümmten und streckten sich, rafften das Kleid. Ihre Nägel fraßen sich in die Oberschenkel wie Zähne einer Baggerschaufel in die Erde.

Ein barockes Wesen mit goldflammendem Schweif und Locken entfuhr der Grube und flog auf Julia zu, blieb flatternd vor ihrem Gesicht in der Luft stehen. Es kreischte wie eine Möwe:

Es ist deine Schuld. Er ist für dich hinabgestiegen. Du musst ihn erlösen.

Julia fror. Bei glühender Mittagshitze. „Hast du das auch gehört, Mami?" Aber ihre Mutter war schon losgegangen. Julia lief hinter ihr her.

„Mama!" Sie rannte, fiel hin, sprang auf und schmiss sich ihrer Mutter vor die Füße – vielleicht würde so das Ungeborene doch noch sterben? „Ich habe unendliche Angst!"
Ihre Mutter beugte sich zu ihr und reichte Julia die Hände. Julia stand mühsam auf, blickte sie an, Tränen tropften. Noch nie hatte sie eine derartige Sehnsucht nach ihrer Liebe verspürt.

Die Füße mechanisch Schritt für Schritt voreinander gesetzt, schlurft Julia durchs Wohnzimmer hinaus auf die Terrasse, das blutverschmierte Badetuch hinter sich herziehend. Der Regen spült die fleischige Kopfhaut, rötliche Pfützen bilden sich unter ihren Füßen.
Ängstlich betastet Julia die wunde Kopfhaut, dann ihre Augenlider, die Tränensäcke fühlen sich geschwollen an, die Nase mit dem Stups. Sie betrachtet die glühende Haut der Fingerknöchel. Ein kurzer klarer Gedanke erfasst sie: Es ist perfide, keinen Einfluss auf Erinnerungen nehmen zu können, sie sind einfach da und drängeln sich vor.
In diesem Augenblick aber spürt sie, wie sich eine Erinnerung durch den Kopf bahnt, die sich gut anfühlt. Es ist keine Stimme, wie die andere, die böse; es ist ein flüchtiger Gedanke, aber mit konkreten Worten, die eindeutig eine Frau zu ihr sagt: „Hast du einen Gegenstand, den du besonders magst? Etwas, das du gerne anfasst, das du streicheln kannst?"
Natürlich hat sie das! Die Puppe Gretel. Julia entdeckt sie auf dem Boden vor einem Vorhang liegend. Wie ist sie dahin gekommen? Ein Klapperauge ist geschlossen. Das andere schaut glasig ins Nirgendwo. Das gelbe Kleidchen hat Julias Oma gehäkelt. Die gekräuselten strohblonden Haare sind zu Rattenschwänzen mit rosenroten Schleifen zusammengebunden. Eine kaum wahrnehmbare Wohligkeit schwallt durch Julia. Ihre Augen zucken, die Hände entkrampfen und können Gretel liebevoll aufheben. Julia streichelt sie, drückt sie an ihre Brust, geht mit ihr einige Schritte hin und her, wiegt sie wie ein Baby, und es ist, als ob sich jeder kleinste Muskel löst.
Blitze kämpfen ihre Bahnen durch rote Wolken.
Wieso liegt da ein blutbeflecktes Badetuch? Sie hebt es auf,

wickelt sich und Gretel ein, legt sich aufs Sofa und krümmt sich wie ein Embryo. Seidenweiche Ruhe fällt über sie. Das wunderbare Gefühl der Schwerelosigkeit, wie bei einer einsetzenden Narkose.

Sie schwebt. Schmerzlos. Erschöpft.

Ein wohliges Schluchzen begleitet sie in einen Dämmerschlaf. Sie vernimmt eine sanfte Stimme, weit weg, die flüstert:

„Es ist vorbei."

Ludovico

Ludovico vernimmt ein Klopfen. Aus greifbarer Ferne hört er eine Frauenstimme. Wortfetzen. Zu der Stimme gesellt sich ein schmales Gesicht, vertraute Augen lächeln ihn an und verdrängen die schmerzende Vergangenheit. Stellas Lippen erzählen stumm aufs Neue von der Rache Gottes. Er beginnt zu verstehen. Er liegt auf dem Behandlungsstuhl und blickt hinunter auf die Leinwand. Da liegt er leibhaftig, sein Schatten, festgehalten mit kräftigem Strich. Jetzt muss er den Raum finden, in dem er den Dämon wegsperren kann. Endlich fallen die geschwollenen Lider zu. Wohlige Erschöpfung überkommt ihn. Ruhe schleicht in die Seele.

Ein Hämmern bahnt sich dumpf ins Ohr, als ob er Wattebäusche in den Gehörgängen habe. Er will die Lider heben, aber sie sind schwer wie Blei. Es dauert, bis er das Schlagen und Klopfen zuordnen kann: Es kommt von der Wohnungstür. Ludovico rutscht vom Stuhl.

„Nun mach' bitte auf! Hey, L.D., ich bin's, Agneta."

Ludovico taumelt zur Tür und öffnet sie.

„Ach, du Scheiße, wie siehst du aus?"

„Oh!", Ludovico schaut an sich hinunter.

„Wo ist Lucia?"

„Weiß ich nicht", antwortet er auf dem Weg zurück zum Behandlungsstuhl, greift den Overall und schlüpft auf wackeligen Beinen hinein.

Agneta

Agneta schubst sacht die Tür zum Schlafzimmer auf.
„Lucia?", fragt sie leise und hebt die verknautschte Bettdecke an.
Kein Kind.
Sie schlägt die Daunendecke zurück.
Kein Kind.
Sie bindet den Gürtel des knöchellangen Morgenrocks noch enger. Mit harten Schritte geht sie zurück in den Atelierraum. Sie stoppt und mustert die Leinwand: Was sie sieht, lässt Gedanken zu, die sie nicht haben will, gegen die sie sich aber nicht wehren kann. Neben der Silberdose liegen der zusammengerollte Fünfzigmarkschein, eine Glasscheibe, eine Rasierklinge. Sie kombiniert: Ludovico, Kokain, auf dem Bildschirm sieht sie das Standbild des Abspanns von *A Clockwork Orange*; Ludovico liegt schlaff im Behandlungsstuhl.
Als ob sich ein dunstiger Vorhang öffnet, der ein Bühnenbild des Schreckens freilegt, erkennt sie auf dem fleischroten Bild die Konturen zweier Menschen: einem großen, einem kleinen.
„Wo – ist – sie?", fragt sie mit bebender Stimme.
Ludovico richtet einen hohlen Blick zu ihr. „Ich bin herrlich erschöpft. Lucia war großartig."
Agneta lässt sich von seinem Blick nicht irritieren, marschiert um die Leinwand und ohrfeigt ihn. „Wach auf! Wo ist Lucia?"
„Sei nicht so schrill! Ich weiß es nicht", lallt er.
Sie hetzt durchs Atelier, reißt Türen und Schränke auf, in der Küche steht die nicht geöffnete Tupperware mit Milchreis, sie rennt auf die Dachterrasse. Ihre Haare saugen sich mit Regen voll, während sie schemenhaft in der Ecke der Dachterrasse ein Bündel liegen sieht. Stoff flattert im Wind. Ihr stockt der Atem. Die Gedanken rasen wie im Teilchenbeschleuniger.
„Lucia?!"
Sie hebt das Bündel an, es ist viel zu leicht, es ist ein zusammengeknäuelter Overall, rot verschmiert.
„Wo ist Lucia?!"
Ihr Brüllen holt Ludovico halbwegs zurück in die Realität.

Schwerfällig rutscht er aus dem Stuhl und zieht den Reißverschluss seines Overalls zu. Agneta springt auf ihn zu. „Du Monster!" Sie schmeißt den nassen Overall nach ihm.

„Gib mir eine Sekunde." Ludovico hebt beschwichtigend die Hände. Er stützt sich auf die Arbeitsfläche der Küchenzeile. „Du hast mir nicht gesagt, dass sie Läuse hat, Agneta." Er blickt verachtungsvoll über die linke Schulter zu ihr. „Ich hätte abgelehnt, wenn ich das gewusst hätte."

„Jetzt bin ich schuld? Seid ihr Männer alle verrückt geworden?" Bebend vor Zorn tritt sie gegen eine Bronzestele, aus der ein kleines Stück abbricht. „Der eine Macho gaukelt mir Liebe vor, der andere ist ein Weichei, weil eine Fünfjährige Läuse hat!"

„Agneta! Spinnst du komplett? Du bist ja sowas von egoistisch! Wenn's nicht so läuft, wie du es dir wünscht, dann sind andere schuld! Du trampelst mit Füßen auf den Gefühlen anderer herum! Du wusstest, welche Wunden du bei mir wieder aufreißt, wenn ich auch nur das Wort ‚Läuse' höre! Das ist so verantwortungslos und niederträchtig – besonders Lucia gegenüber. Ich habe ihr nichts getan! Ich habe sie nach Hause geschickt. Überleg' mal: Warum ist sie wohl nicht bei dir?"

Er schweigt eine bedrückende Sekunde.

„Was meinst du wohl?" Er dreht sich zu Agneta, sein Blick ist wild. „Weil sie das Gefühl hat zu stören!"

„Das ist nicht wahr! Willst du mir unterstellen, dass Luci wegen mir verschwunden ist?" Agneta zeigt mit zittriger Hand auf das Bild. „Das bist doch du mit ihr, die blutigen Overalls, das Chaos?! Was hat das zu bedeuten?"

„Ach, Quatsch, das ist Farbe!" Er geht zur Spüle und trinkt Wasser aus dem Hahn.

„Und wo soll sie jetzt sein?" Blitzschnell schiebt sich Agneta vor ihn - er kann nicht reagieren - und schlägt mit ihrer Faust in seinen Unterleib. „Verstehst du nur diese Sprache?"

Ludovico klappt nach vorne, die Hände zwischen den Schenkeln, er japst nach Luft.

„Sorry, aber auch ich habe mal Lust, meine Wut abzulassen", flucht sie. „Ich zieh mich um, dann suchen wir Lucia!"

Benjamin

Ein verzweifelter Schrei dringt zu Benders herüber.

„Woher kam das? Von nebenan, meine ich, oder?", fragt Benjamins Mutter. Auf nassen Strümpfen kommt sie herein.

„Was für ein Getöse." Benjamin schließt die Terrassentür. „Kein Wunder, wenn sich Kinder erschrecken."

„Die Bauers haben keine Kinder. Aber du hast recht: Es klang wie eine Kinderstimme. Wo Hanno wohl ist?"

Der ist in den Keller gegangen, der zu der Wohnung gehört. Es sieht aus, als ob er aufräumen will. Ein altes Fahrrad mit platten Reifen stellt er in den Flur des Kellers, eine Wäschespinne schmeißt er hinterher; schiebt Kisten vor und zurück, schaut in einen Werkzeugschrank. Er hebt fleckige Leinentücher hoch und zieht, begleitet von einem erleichterten „Da ist sie ja!", eine Holztruhe hervor. Obwohl nicht besonders groß, etwa drei Mal so groß wie ein Schuhkarton, an den Seiten sind Metallbügel als Griffe eingelassen, scheint sie schwer zu sein. Er wuchtet sie hoch, steigt über Kartons, lässt alles stehen und liegen, auch das Fahrrad und die Wäschespinne. Das Licht geht automatisch aus, dennoch findet er die Eisentür zum Treppenhaus, drückt per Ellenbogen den Türgriff hinunter, stößt sie kräftig mit einem Tritt auf, das sie im Türfeststeller einrastet und geht langsam die Treppe hoch.

„Wir warten dann hier, Mümmel."

„Wer ist denn da?", fragt Hanno. Das Treppenhauslicht geht aus.

„Lucia." Sie sitzt auf der untersten Stufe der Treppe, die zur ersten Etage führt.

„Kannst du bitte mal das Licht anschalten? Ich habe keine Hand frei."

„Mach' ich."

„Hau ab! Raus mit dir!"

Beide schauen zu Julias Tür. Sie hören ein Schluchzen oder Ähnliches, verschiedene Stimmen, mal tief und charmant, dann schrill, gefolgt von dumpfen Schlägen.

„Ich glaube, Julia hat den Fernseher ganz arg laut gestellt."
„Wo ist deine Mami? Noch nicht zu Hause?"
„Sie kommt mich gleich holen", sie kratzt sich im Nacken. „Ich habe nämlich Läuse, und die müssen tot gemacht werden. Und deshalb wollte der Ludovico nicht mehr mit mir spielen."
„Oh, ja", sagt Hanno, „Läuse sind typisch für Kitakinder."
Plötzlich ist es still in Julias Wohnung. Draußen prasselt der Regen aufs Vordach. Hanno setzt die Kiste ab und zieht aus der Hosentasche den Türschlüssel. „Möchtest du zu uns kommen, Lucia?"
„Nö. Die Mami denkt ja, dass ich bei Ludovico bin. Ich geh' mal wieder hoch."

„Hast du dich beruhigt, Papi?" Hanno kommt mit einer Kiste in den Händen ins Wohnzimmer.
„Wonach riecht es hier?", fragt er und stellt die Kiste auf den Esstisch. Er entdeckt den glimmenden Joint in den Spaghetti. Auf Benjamins Frage geht er nicht ein, wirft ihm nur einen ernsten Blick zu. Dann entdeckt er Ankes Teller und nimmt sich ihn.
„Weißt du, Benjamin", sagt Hanno mit vollem Mund, „ich will nicht lange mit dir über die angespannte Weltlage diskutieren. Obwohl", er geht in die Küche und kommt mit einer Flasche Bier zurück, „mir kotzübel wird bei dem, was sich Europa und die Nato in den letzten Jahren geleistet haben."
Er trinkt das Bier fast aus und stellt die Flasche mitsamt dem leeren Teller geräuschvoll zurück auf den Tisch. Mit festen Schritten stapft er durch den Raum, bleibt abrupt stehen und dreht sich zu Benni um.
„Und wer unter uns hat die größte Fehlentscheidung getroffen?" Er legt eine bedeutungsvolle Pause ein. „Ich!"
„Du?", fragt Anke erstaunt.
„Ja. Ich bereue es zu tiefst, dass ich Lehrer geworden bin und auf die Verfassung geschworen habe. Ich glaubte doch tatsächlich, dass ich Kindern Verantwortung im Umgang mit Frieden und Demokratie beibringen kann, und dass es dazu keiner Waffen benötigt. Wir sind Duckmäuser und Ja-Sager geworden. Ich vermisse so etwas wie die APO. Weißt du, was das ist, Benni?"

Er brüllt gegen ein gewaltiges Donnern an.

„Außerparlamentarische Opposition mit einem politisch schlechten Beigeschmack", antwortet Benjamin ebenso laut.

Sein Vater wirft in einer verzweifelten Geste die Arme hoch. „Es geht mir nicht um die Wiederbelebung der siebziger und achtziger Jahre oder der APO. Was sich derzeit als Opposition zusammenhäuft, sind gefährliche Scheinideologen und keine politisch denkenden Kritiker."

„Hanno, lass' es." Anke schubst Putzi von ihrem Schoß, um sich auf dem Sofa hinlegen zu können, ihre Füße legt sie auf Benjamins Oberschenkel. „Die Diskussion über bürgerlichen Ungehorsam will ich heute nicht führen. Ich fürchte, sie passt auch nicht in diese Zeit. Ich bin fest davon überzeugt, dass unser Sohn nicht aus Abenteuerlust seinen Weg einschlägt."

Hanno knöpft das Oberhemd auf. Das T-Shirt hat er aus der Jeans gezogen, es liegt eng an dem feuchten, drahtigen Körper. Er schiebt die Terrassentür zur Seite und blickt sich zu ihr um. „Mein Mädchen, du hast Schatten unter den Augen."

„Was ist in der Kiste?" Benjamin nimmt Ankes Beine vom Schoß, rutscht von der Coach runter auf den Boden.

„Ein Stück Hoffnung", antwortet Hanno und geht zum Esstisch. Er klappt die beiden Metallverschlüsse hoch. „Mein Vater hatte sie mir in den siebziger Jahren mit den Worten gegeben: ‚Vielleicht interessiert dich das eines Tages – oder deine Kinder', hatte er gesagt. Ich glaube, er hatte Recht."

Bündel für Bündel zugeschnürter Briefpäckchen, Zeitungsartikel und Fotoalben nimmt er aus der Truhe und legte sie zur Seite.

„Hier muss ein Brief sein, der dich zur Besinnung bringen wird, Benjamin. Er ist aus den fünfziger Jahren." Er kramt weiter in der Kiste. „Endlich!", Hanno hält einen vergilbten Briefumschlag in die Höhe.

„Was steht drin?" Benjamin knabbert an einem Fingernagel.

Anke schaut zu Hanno hoch, als er ihr das Papier überreicht. Sie setzt ihre Brille auf, zieht den Brief aus dem Umschlag, faltet ihn auf und liest. Sie nickt mehrmals. „Das ist traurig."

Lucia

Sie hat noch nicht einmal Zeit gehabt, ihre Hände zu waschen. Der blöde Ludovico hat ihr mit spitzen Fingern beim Ausziehen des Overalls geholfen und sie dann rausgeschmissen. Ihre rotverschmierten Händchen haben Spuren auf dem Treppengeländer hinterlassen.

Nun sitzt sie wieder auf der Treppe, nachdem Hanno Bender in seiner Wohnung verschwunden ist. Vielleicht hätte sie doch mit Herrn Bender gehen sollen? Sie nimmt Mümmel und schleicht auf Zehenspitzen zu Julias Wohnung, doch sie kommt nicht an das Guckloch, um hindurchzuschauen. Gerade will sie mit dem Zeigefinger auf die Türklingel drücken, als Musik aus Julias Wohnung dringt. Etwas so Schönes hat sie noch nie gehört – wunderbare Stimmen. Lucia klingelt. Sie wartet, kratzt sich im Nacken, klingelt nochmals. Aber Julia öffnet nicht.

Zu gerne möchte sie wissen, was das für eine Musik ist. Da kann ihre Mami nichts dagegen haben!

Immer wenn sie zu Julia darf, klopft ihr Herz besonders heftig. Sie fühlt sich bei ihr richtig wohl. Lucia klingelt nochmals. Die Tür bleibt geschlossen. Sie schaut nach draußen, dann auf ihre nackten Füße. Sie kratzt sich nochmals am Kopf, geht zum Eingang, steckt Mümmel zwischen die lückenhaften Zahnreihen, um kräftig mit beiden Händen die Tür aufzuziehen. Dann flitzt sie, dicht an der Wand entlang, um das Haus herum und erreicht Julias Terrasse. Der darüber liegende Balkon schützt vor dem Regen. Die Terrassentür ist zur Seite geschoben; das Wohnzimmer hell erleuchtet.

Ist das Julia, die durchs Zimmer huscht, buckelig, vornübergebeugt, als ob sie etwas sucht? Hält sie ein Baby in den Armen, eingeschlagen in einem Handtuch? Julia nimmt eine Fernbedienung, hält sie Richtung Musikanlage, drückt ungeduldig auf eine Taste. Der Gesang wird überwältigend.

Lucia schleicht näher heran und klopft zaghaft an die Scheibe. Aber Julia hört sie nicht, sie tanzt, das Baby über dem Kopf schwenkend, legt es aufs Sofa. Ach, es ist eine Puppe! Nun geht Julia zur Küche und trinkt Wasser aus der Leitung.

Lucia spürt Schmutz unter den nackten Füßen und reibt erst den einen, dann den anderen am jeweils anderen Hosenbein der gelben Latzhose ab. Nochmals klopft sie, jetzt kräftiger. Sie stellt sich in die Tür.

„Hallo, Julia!" Die Musik verschlingt die Kinderstimme.

Julia zieht die Kapuze ihres Sportanzugs über den Kopf. Ob ihr kalt ist? Der Trainingsanzug weist nasse Stellen auf, vielleicht hat sie geduscht oder war im Regen?

Lucia holt tief Luft. „Huhu!"

Erschrocken fährt Julia herum. „Du liebe Güte, hast du mich erschreckt, Lucia!" Schnell zieht sie die Ärmel über die Hände. „Wie kommst du denn hier rein?"

„Ist das deine Puppe?" Lucia zeigt auf sie.

„Ja, das ist Gretel."

„Warum ist sie so nass?"

„Die ist", Julia macht eine Pause, „die hatte im Garten gelegen."

„Du bist auch nass geworden", sagt Lucia.

„Wie bitte?" Julia schaut an sich herunter. „Ja. Stimmt." Sie nimmt die Fernbedienung und stellt die Musik leiser.

„Das ist eine wunderschöne Musik. Irgendwie traurig", sagt Lucia.

„Nicht wahr? Requiem nennt man die, ein Mann namens Mozart[10] hat sie komponiert, kurz vor seinem Tod."

„Oh!"

„Magst du Gretel trockenrubbeln, während ich mir etwas anderes anziehe?"

Lucia nimmt die eingewickelte Puppe entgegen. Julias Hände stecken immer noch in den Ärmeln; Lucia kann ihr Gesicht nicht sehen, die Kapuze hängt Julia bis über die Augen.

„Ich muss aber gehen. Meine Mama weiß nicht, dass ich hier bin."

Ruckartig wendet sich Julia von ihr ab und wirft die Arme über den Kopf. Sie stöhnt. „Und warum bist du hier unten?", fragt sie mit merkwürdig gepresster Stimme.

„Ich war bei Ludovico. Hihi", Lucia kichert, „der hat Angst vor mir!"

„Angst?", Julia presst ihre Arme auf den Unterleib, als ob sie Bauchschmerzen habe. „Wovor?"

Lucia geht in die Knie, rollt die Puppe auf dem Boden aus dem Handtuch und reibt das Puppengesicht trocken. „Ach, der ist blöd."

Sie dreht die Puppe auf den Bauch, ein ziegenähnliches Meckern gibt Gretel von sich.

„Lass' das, Lucia, bitte, das tut mir weh."

„Was? Das Mäh?", und sie dreht die Puppe wieder um. „Mäh."

„Mach das nie wieder, Lucia!"

Hans-Herbert und Natascha

Herberts Werkstattraum ist rötlich illuminiert. Natascha steht am Kopfende der Massageliege und singt leise.

„Hast du net mein Mann g'sehen, hast net sehen reiten? Er hat ein blau Kartüs'chen an und Schnupftuch aus der Seide. Ja, ja, ich hab'n gesehen, hab' ihn sehen reiten, driewa in der Retschka-Gass hängt er auf der Weide!"[11]

Hans-Herbert hat die Liege selbst gefertigt, mit einem Fahrradmotor versehen, für stufenlose Höhenverstellbarkeit. Am Kopfende ist ein ovales Loch für das Gesicht eingelassen. Er liegt auf dem Bauch, die Hände auf dem Rücken gefesselt. Er sieht Nataschas kräftige Beine, die in den Schaftstiefeln stecken. Wenn sie sich vorbeugt, spürte er die üppigen Brüste auf seinem Haupt.

„Ich muss mich auf den Rücken legen, das Essen war meisterhaft, aber meine Wampe ist voll." Er quält sich auf die Seite, flink löst Natascha die Handschellen und greift ihm unter den Arm.

„Wir haben heute viel zu besprechen", raunt sie und deckt ihn mit einer Kunstfelldecke im Tigerlook bis zur Hüfte zu. „So, Hände her!", befiehlt sie und legt ihm die Handschellen wieder an.

Um ihren Hals hängt eine Gliederkette, sie nimmt sie ab, führt sie durch die Handschellen, spannt die Kette über den gewölbten Bauch bis zu seinen Füßen, wickelt sie um die Knöchel und zieht sie fest.

„Schau mal nach, Natascha, woher dieses ständige Rumsen kommt. Ich kann ja gerade nicht."

Wie aufgetragen schreitet Natascha im ungeübten Laufstegschritt zur Wohnungstür und öffnet sie einen Spalt. „‚Hau ab', ruft da jemand, glaube ich. Eine helle Stimme. Soll ich mal nachsehen?"

„Bloß nicht! Lasse mich nicht allein!"

Das Telefon klingelt.

„Das ist bestimmt wieder dein Sohn, wette ich."

„Egal, oder – nee – irgendwie ist mir alles zu heiß und stickig heute. Mach mich wieder los, Natascha."

„Gern, mein Ballönchen." Sie geht langsam um die Liege herum, „aber zuerst müssen wir über etwas reden."

Das Telefon verstummt.

„So, komm, mach mich los!"

„Ich sagte doch, es gibt viel zu besprechen."

Er ächzt und hebt den Kopf an, schaut aber nur bis zu seinem Bauch.

„Ich kann dich verwöhnen bis an dein Lebensende." Natascha dreht seinen linken großen Zeh bis er knackt.

„Au! Hör auf!" Er lässt den Kopf fallen. „Mach das Fenster auf, ich ersticke."

„Tse, tse, tse", zischt die Dame mit erhobenem Zeigefinger. „Wie heißt das Zauberwort?"

„Jetzt mach keinen Scheiß."

„Njet! So heißt das nicht!" Sie zieht an der Kette. Herbert hat keine Chance: Durch den Zug reißt es ihm den Oberkörper hoch.

„Natascha, das ist kein Spiel. Ich will heute meine Ruhe. Du hast lecker gekocht, aber …." Er schnauft wie eine Dampflok, so viel Anspannung hat er seit dem Schulsport nicht mehr in den Bauchmuskeln verspürt. Natascha lässt die Kette los. Wie ein Mehlsack fällt er zurück.

„Mach mich bitte los!"

„Schon vorbei?", fragt Natascha gestellt traurig, „na gut, wenn wir erst mal …."

Das Telefon klingelt wieder.

„Bring' mir den Hörer. Bitte!"

Seine gestrenge Domina zwinkert ihm unter langen Wimpern zu und legt ihm das Telefon in die gefesselten Hände.

„Wie soll ich mit dem Ohr da dran kommen?"

Natascha stellt es laut und hält ihm den Hörer hin.

„Jochen, was willst du?" Es war mehr ein Stöhnen als eine ernsthaft gestellt Frage.

„Eine Chance noch, zwecks Aussprache!", antwortet Jochen.

„Sobald ich frei bin", Hans-Herbert räuspert sich, „ich meine, Zeit habe, können wir uns sehen.

„Und er wird mich heiraten", haucht Natascha ins Telefon.

Julia

„Magst du Gretel trockenrubbeln, während ich mir etwas anderes anziehe?" Julia reicht Lucia die eingewickelte Puppe.
„Ich muss aber gehen. Meine Mama weiß nicht, dass ich hier bin."

Deine Sünde ist auferstanden. Ich hab's dir gesagt, du wirst sie nie los. Du musst sie vernichten. Kannst du das? Du musst es! Keine Frage. Du bist schlecht, du weißt, was du zu tun hast! Du hast deinen Vater in den Tod getrieben, er wartet auf dich. Du kannst ihn erlösen. Du kannst dich erlösen, von dieser Schmach. Stelle deine Ehre vor Gott wieder her.

Wie von fremder Hand gesteuert, macht sie eine halbe Drehung, das würde Gott nie von mir verlangen, verschwinde, du Lügner, geh' und verzieh' dich. Sie wirft die Arme über den Kopf.

Das ist die Gelegenheit, Julia.

Sie stöhnt. „Und warum bist du hier unten?"
„Ich war bei Ludovico. Hihi", Lucia kichert, „der hat Angst vor mir!"
„Angst?", die Hölle macht sich in meinem Unterleib breit, ich muss ihr widerstehen, ich bin stark. „Wovor?"
Lucia geht in die Knie, rollt die Puppe aus dem Handtuch und reibt das Puppengesicht trocken. „Ach, der ist blöd." Sie dreht die Puppe auf den Bauch, ein ziegenähnliches Meckern gibt Gretel von sich.

Bringen Sie es weg!

„Lucia, bitte, das tut mir weh."
„Was? Das Mäh?", und sie dreht die Puppe wieder um. „Mäh."

„Mach das nie wieder, Lucia!" Julia huscht ins Schlafzimmer, öffnet den Schrank und schiebt einen Kleiderbügel nach dem anderen zur Seite, was soll ich nur anziehen?, das Kind darf meine Hände und Arme nicht sehen, mein Kopf?, was setze ich auf meinen Kopf? Im Spiegel des Schranks sieht sie Georgs Bademantel auf dem Bett liegen, genau das richtige Kleidungsstück, es ist groß genug, und eine Kapuze hat es auch, schnell die nassen Klamotten ausziehen. Sie wirft sie in den Schrank und schlüpft in den Bademantel. Kuschelig fühlt er sich an.

Geh' und vollende dein Werk.

Plötzlich steht es vor ihr, so nah, klein und süß. Die Locken wippen. Julia reckt dem Geschöpf eine Hand entgegen.

Es ist deine Schuld. Hol' es dir, bevor es fliehen kann.

Pfeilschnell greift sie sich das Ding, zieht das zappelnde Etwas an den Haaren durch den Flur ins Wohnzimmer, schmeißt es zu Boden und hockt sich drauf. Sein Mund ist höllenweit aufgerissen, es schreit aus ihm das Jammern eines Lammes. Die Arme des Dings presst sie zu Boden. Sie wendet ihren Kopf in eckigen Bewegungen nach rechts, nach links. Ihr Körper verhärtet sich, die Haut wird kalt und feucht zugleich, den Blick gen Decke gerichtet, spricht sie: „Und der erste ging hin und goss seine Schale aus auf die Erde; und es kam ein böses und schlimmes Geschwür an die Menschen, die das Malzeichen des Tieres hatten und die sein Bild anbeteten."[12] Ihre Tränen benetzen das reglose Bündel.

Petra Kern

„Weißt du was, Evamaria?", fragt Petra, während sie die Kissen auf dem Sofa schüttelt und mit einem Karateschlag positioniert. „Dann sage ich dir mal, was ich so mache." Sie nimmt das nächste Kissen und hält es mit gekreuzten Armen vor der Brust.

„Mein Professor – ich habe in den Achtziger Jahren Germanistik und Kunstgeschichte studiert – begrüßte uns Studenten so: ‚Ich begrüße Sie zu meinem Seminar, verehrte Herren und liebe zukünftige gebildete Hausfrauen'."

„Das ist aber dreist", streut Stella ein.

„Irgendwie hatte der Prof Recht. Und was mich betrifft: Meine Rolle gefällt mir." Petra legt das Kissen weg. „Ich habe ein gutes Allgemeinwissen und kann damit auf Empfängen punkten. Wie gut, dass mir damals rechtzeitig mein eigener Sean Connery über den Weg gelaufen ist."

„So hast du mich ja noch nie genannt." Axel betritt das Wohnzimmer.

„Ja, mein Lieber, alle beneideten mich um dich", flötet sie. „Ist dir langweilig, mein Liebster, weil du schon wieder hier bist? Sei so gut und knöpfe das Hemd richtig zu. Ich habe doch Damenbesuch!"

„Ich stimme dem Professor zu: Frauen gehören hinter den Herd. Und damit sie fein hübsch bleiben für die Männer, stelle ich die Kosmetik her."

„Frauen gehören nicht hinter den Herd. Die Schalter sind vorne", kontert Fariba.

„Denkt euch nichts dabei, Axel ist ein Zyniker. Aber er weiß, was er an mir hat, nicht wahr?" Mit einer Serviette wischt Petra Krümel über die Tischkante in die andere Hand und kippt sie auf Faribas Teller.

„Das merkst du jetzt nicht, oder?" Fariba schüttelt den Kopf.

„Was meinst du?"

„Nehmen Sie es ihr nicht übel", sagt Axel „Das ist ihre kleine Zwangsneurose." Er legt einen Arm um ihre Schultern und mustert sie. „Leider muss ich zugeben, dass es selbst mir nicht geglückt ist, die perfekte Anti-Aging-Creme zu erfinden."

„Stimmt", Petra duckt sich aus der Umarmung heraus, „dein Anti-Aging-Programm heißt, junge Damen ins Bett zu kriegen. Hat es heute nicht geklappt? Hat dir möglicherweise deine Abendverabredung einen Korb gegeben? Und deswegen bist du so schief drauf? Ich habe zufällig", Petra betont „zufällig" bewusst zynisch, „auf deinen Kalender in Outlook geguckt: Termin mit Frau von Simon." Sie nickt in Richtung Axel, der sich in einen Sessel gesetzt hat und demonstrativ gelangweilt in einer Illustrierten blättert.

Der Wind bläht das Segeltuch der Hängematte, die zwischen zwei Alustangen befestigt ist. Er treibt sie wie eine Jolle über den Balkon.

„Auf ein Wort, Herr Kern." Fariba positioniert sich breitbeinig vor ihm. Er legt die Illustrierte auf den Schoß und blickt sie unverwandt an. „Ich nehme kein Blatt vor den Mund, sonst bekomme ich Schluckauf. Sie haben die absonderliche Begabung, dass sich Gäste in ihrer Nähe unwohl fühlen. Zeigen Sie Achtung vor Ihrer Frau."

„Fariba, das geht mir zu weit!" Petra poliert das Fenster der Balkontür, „du hast Axel nicht zu maßregeln. Er kann in unserer Wohnung sagen, was er will." Sie dreht sich um und schaut in verblüffte Augen. „Sein Ton mag dir nicht passen, dann ist das aber dein Problem! Ich brauch' deine Unterstützung nicht, deine Frauenpower, oder was das sein soll, und dieses Lorbeereinheimsen durch ehrenamtliche Engagements ... und überhaupt: Wer weiß sich denn hier nicht zu benehmen? Ständig hängst du am Handy. Axel und ich haben uns gut arrangiert. Ach – was soll's – das geht dich nichts an."

Eine Tür knallt im Treppenhaus, es folgt ein Dauerklingeln an einer Wohnungstür.

„Ludovico, mach schon auf!"

„Und diese Hellhörigkeit macht mich wahnsinnig", sie pfeffert ihr Putztuch Richtung Küche.

„Ich glaube, zumindest ich sollte nüchtern bleiben." Axel wirft die Zeitschrift neben sich und steht auf. „Wer weiß, was mir heute Abend noch blüht?" Er holt aus dem Kühlschrank eine Tüte Milch und geht.

„Was war das jetzt, Petra?" fragt Fariba.

Petra lässt sich auf einen Stuhl plumpsen, greift sich ihr Glas Wein, setzt es an, zögert, und setzt es wieder ab.

„Entschuldigung. Keine Ahnung. Vergiss es, bitte, Fariba."

„Hormone?", fragt Evamaria. Ihre Augen hinter der runden Brille wirken so groß wie die einer Mangafigur. Petra schnaubt nur. Evamaria schlendert, mit den Händen hinterm Rücken, durch den Raum. Sie zuckt zusammen, als Blitz und Donner zeitgleich über dem Haus ihrem Zorn freien Lauf lassen. „Hoffentlich hat es aufgehört zu regnen, wenn ich nach Hause gehe."

„Schade, Petra", Fariba schaut nach draußen, „dass wir nicht auf deinem schön bepflanzten Balkon sitzen können, weil dieses gepfefferte Gewitter tobt."

Die zwei harmlosen Worte „gepfefferte Gewitter" flutschen durch die Zähne wie feuchte Pfiffe. Evamaria kann ein Auflachen nicht vermeiden.

„Ich weiß, ich habe einen hohen Unterhaltungswert", bestätigt Fariba mit breitem Grinsen. „Weißt du, man muss das Schicksal nehmen, wie es kommt." Sie starrt auf das Display des Smartphones. „Meine Eltern waren mit uns Kindern 1978 gerade eine Woche aus dem Iran geflüchtet, als ich in Deutschland im hohen Bogen von einer Schaukel flog und mit dem Mund auf der Sprosse eines Klettergerüsts landete. So what?" Sie klappt die dicht bewimperten Oberlider hoch und schaut in die Runde. „Der Unterkiefer zerbröselte, er wuchs nie mehr proportional zum Oberkiefer. Das ist mein Alleinstellungsmerkmal."

„Tut mir leid", murmelt Evamaria.

„Jeder hat etwas Ausgefallenes an sich und muss es als etwas Besonderes betrachten. Du", Fariba betrachtet die kleine Frau, „stehst der unteren Welt näher als die meisten Ausgewachsenen. Das ist praktisch, wenn es brennt zum Beispiel, wegen der besseren Luft da unten. Und ich – ich kann lustige Sachen sagen."

Sie breitet die Arme zu einer theatralischen Geste aus, – das Smartphone in einer Hand –, und rezitiert in tiefem Timbre: „Fischers frisch frisierter Fritz isst friss … frisch frittierte Frisch-Fiss—Fischfrikadellen. Frisch Fritz …" Sie prustet los und ihr kerniges Lachen steckt selbst Petra an, die mit einem

Tischbesen verstreute Pfefferkörner zusammenfegt.
Jemand hämmert an einer Wohnungstür und fordert: „Ludovico, mach auf!"
Petra erkennt Agnetas Stimme. „Und mit ihr treibt er es ab und an", sagt sie, während sie die Wasserkaraffe vom Esstisch nimmt.
„Wer?", fragt Stella überrascht, „wen meinst du?
„Agneta von Simon, seine Nachbarin, die solltest du mal ins Gebet nehmen."
„Sorry, Petra, wenn ich dich so reden höre, bekomme ich den Eindruck, dass du deine Nachbarn belauschst." Fariba gesellt sich zu Evamaria, nicht ohne das Smartphone zu checken. „So wie die da oben keift, scheinen die aber kein gutes Verhältnis zu haben." Fariba lehnt an der Balkontür.
„,Belauschst'", wiederholt Petra und rückt die Stühle in eine Linie an den Tisch. „Lässt sich eben nicht vermeiden, dass man einiges mitbekommt – und dabei Bilder im Kopf entstehen." Sie tupft mit ihrer Stoffserviette über ihre Stirn, wären wir doch nur nicht aus unserem Haus gezogen, die Nachbarn dort waren aus der Distanz besser zu ertragen, was ich nicht weiß, macht mich nicht heiß, genau, mir ist es zu eng hier, Axel wohl nicht, was hatte ich mir nur erhofft, als wir in dieses Haus zogen, in dem Ludovico wohnt?, mehr Aufmerksamkeit?, Öffentlichkeit?, ach – ich widerspreche mir–, was willst du eigentlich, Petra Kern?, Distanz oder Öffentlichkeit? Anerkennung?, für was?, ist das die Suche nach dem Sinn des Lebens?, ob Stella eine Antwort hat?
Stella schenkt gerade Weißwein nach, nimmt einen Löffel mit Cherrytomaten auf Mozzarella und schiebt alles komplett in den Mund.
„Stella?", fragt Petra. „Was ist der Sinn des Lebens?"
Stella stoppt mit Kauen, mit Hamsterbacken und großen Augen blickt sie Petra an.
Evamaria rutscht vom Hocker, dehnt und streckt sich, stützt die Fäuste in die Seiten und kreist mit den Hüften. „Erzähl' mal!"
Mit einem Schluck Wein spült Stella den Happen hinunter. „Uff!"
„Ich denke", sagt Petra, „da wir Menschen keine Antwort haben, haben wir die Götter erschaffen. Aber so sehr wir uns

bemühen, wir bekommen keine Antwort."

„Ganz ehrlich, Petra", sagt Stella: „Ja, ich glaube, Gott ist ein Komiker. Das Leben ist ein Scherz. Aber: Die Menschen haben keinen Humor. Den hat Gott bei der Schöpfung vergessen. Oder er hat es sogar beabsichtigt. Es geht nicht um den Sinn, sondern darum, Aufgaben zu lösen. Und die Aufgabe, eine Antwort nach der Sinnfrage zu finden, ist unser Lebenselixier. Ich denke dabei immer an Sisyphus. Ist frustrierend. Aber anstatt sich am eigenen Leben und dem der anderem zu erfreuen, ist die Humorlosigkeit zur Schwester des Neids geworden."

„Ist Liebe nicht wichtiger?", fragt Evamaria.

„Wenn du liebst, bist du – und ist der andere – heiter. Aber wir lassen die wahre Liebe nur selten zu."

„Warum hast du Theologie studiert, wenn du so eine Kritikerin bist?"

Stella dreht sich um und schaut hinaus, wo das Licht der Blitze und die Dunkelheit der Wolken weiter gezogen sind. „Genau deswegen, um heute Abend klug daher zu reden", sie beginnt zu lachen und wendet sich Fariba zu, die unter der Markise auf dem Balkon steht. „Angst und Verzicht können nicht fröhlich machen, Fariba, stimmt's?"

„Ganz genau." Sie tritt hinein und streicht sich Locken aus der Stirn. „Die islamische Ballade *Vergänglichkeit,* sie entstand im elften Jahrhundert, habe ich meinen Kindern immer wieder vorgelesen, um sie Weltoffenheit und Kritikfähigkeit zu lehren." Sie schaut sich um. „Bitte setzt euch." Sie wartet, bis jede einen Platz gefunden hat:

„‚Der Koran sagt, im Paradies sei Wein
Der Frommen Lohn und holde Mägdelein. –
Dann sei schon hier mir Lieb' und Wein erlaubt,
Wenn's droben doch dasselbe nur soll sein!

Ich trinke nicht aus bloßer Lust am Zechen, Noch
um des Korans Lehre zu durchbrechen,
Nur um des Nichtseins kurze Illusion! –
Das ist der Grund, aus dem die Weisen zechen.
Wenn Du mit meinem Elend Mitleid hast, …'"[13]

Sie stoppt abrupt, rennt auf den Balkon, schlägt die Hände vors Gesicht und stampft mit dem Fuß auf.

Julia

Kyrie eleison,
Christe eleison.
Herr, erbarme Dich,
Christus, erbarme Dich.

„Es tut nicht weh!" Julia packt Lucia am welligen Haar. „Es tut nicht weh, wenn du dich nicht wehrst!"

Flehe mit mir!

„Vater, Vater, hilf! So entschied sich der Mensch gegen Gott – jeder Mensch sündigt[14] und ist schuldig vor Gott und muss somit sterben."[15]
„Mama, Mama!" Lucias hat keine Kraft, sich an Gegenständen festzukrallen, an denen sie vorbei gezogen wird.
„Mama?" Julia jubiliert. „Ja, du bist mein Kind, mein Todesengel!"

Antichrist, Antichrist, aus deinem Leib!

Mit blutverkrusteten Händen zerrt Julia am gelben Stoff, wuchtet den zappelnden Körper Schritt für Schritt weiter, untermalt vom Requiem, schlägt sie ihn mit Wucht an eine Wand.

Dies irae dies illa,
Tag der Rache, Tag der Sünden.

Da liegt das Ding, ausgestreckt, die Füße über Kreuz.

Solvet saeclum in favilla,
Wird das Weltall sich entzünden,

Lucias Kopf ist nach rechts geneigt, Locken fallen über ihre blutige Stirn.

Teste David cum Sibylla,
Quantus tremor est futurus,
wie Sibyll und David künden
Welch ein Graus wird sein und Zagen.

Das Ding - seine Arme seitlich von sich gestreckt – offenbart es Julia einen purpurnen Fleck auf seinem linken Unterarm.

Quando iudex est venturus,
Cuncta stricte discussurus!
Wenn der Richter kommt
mit Fragen streng zu prüfen alle Klagen!

Das Feuermal, das Zeichen, Julia, das Zeichen, sieh, das Böse vor dir liegt!

Sie kniet sich neben das Ding, wittert Urin. Hört rasende Schritte in der Dunkelheit eines Tunnels. Sodann wirft sie die Arme hoch, über das wahnsinnige Gesicht zieht ein Lächeln: „Ja, Vater, ich habe verstanden! Das Stigma!" Flink zieht sie den Gürtel aus den Schlaufen des Bademantels, schlingt ihn um die Handgelenke des Dings, verknotet ihn. Sie zieht das Badetuch vom Sofa und wirft es über den entseelten Körper.

Sieh', du musst es zu Ende bringen. Bringen Sie es weg!

Eine Hand – ist das ihre? – sucht den Boden nach der Schere ab. Da ist sie ja! Eine andere schlägt das Badetuch vom kindlichen Leib, umklammert die blonden Locken. Das Kleine beißt sie in die Hand.
„Pst, ganz ruhig, mein liebes Kind." Sie legt eine Hand auf den Mund der Kleinen. „Denn der Schneider mit der Scher' kommt sonst ganz geschwind daher, und die Daumen schneid' er ab, als ob Papier es wär. Wenn du ruhig bleibst, tut es nicht weh."
Das Ding scheint sich zu beruhigen, starrt sie mit versteinertem Blick an. Julia hält inne, schmiegt sich an das Kind, zieht und schließt die Augen. Der Chor wiegt sie in Gewissheit.
Rex tremendae maiestatis

Qui salvandos salvas gratis,
Salva me, fons pietatis.

König schrecklicher Gewalten
Frei ist Deiner Gnade Schalten,
Gnadenquell, lass' Gnade walten!

KREUZWEG

Agneta

Warum ist Lucia nicht nach Hause gekommen? Ludovico muss irgendetwas Dummes gesagt haben. Oder hat sie gehört, wie sie sich mit Korbinian gestritten hat? Es ist meine Schuld!, ich bin egoistisch gewesen!, wie konnte er sie nur rauswerfen?, Läuse, als ob Läuse so schlimm wären?, er hätte sich ja auch zusammenreißen können, ich hätte sie nie dorthin schicken dürfen!, ich bin schuld, diese scheiß Biester will man ja auch nicht haben. Vielleicht ist Lucia wieder zurück? So eine dramatische Musik, woher mag die kommen?

Irgendwas ist anders in ihrer Wohnung. Sie lauscht. Ah, das Donnerkrachen hat aufgehört.

„Lucia? Bist du da?" Sie rennt ins Kinderzimmer, Regen trommelt aufs Dachfenster.

„Lucia?" Sie dreht sich um und stößt gegen eine dunkle Gestalt.

„Ich bin's, Korbinian." Er will sie umarmen.

Aber sie schlägt seine Arme weg. „Was soll das? Was machst du hier? Geh' mir aus dem Weg!"

Er lässt sie vorbei. „Was ist denn los?"

„Lucia ist weg. Wie bist du eigentlich hier rein gekommen?"

„Sowohl die Haustür als auch deine waren nur angelehnt."

„Die Haustür auch?" Agneta ist im Schlafbereich, reißt eine Sporthose aus einer Schublade, steigt hastig hinein, ein T-Shirt zieht sie auf dem Weg in den Flur an und schlüpft in Sneakers.

„Sie kann ja nicht weit sein", versucht Korbinian sie zu beruhigen. „Wo sollte sie hin, bei dem Regen?"

„Geh'!" Agneta macht eine eindeutige Geste.

„Natürlich helfe ich dir beim Suchen."

„Ludovico hilft mir." Agneta läuft ins Treppenhaus. „Kommst du?", ruft sie in Richtung L.D.s Wohnung.

„Dann lasse dir von zwei Versagern helfen", schlägt Korbinian vor. „Ich schau mal auf deiner Dachterrasse nach."

Julia 1972 bis 1974

Nach dem Tod ihres Vaters hatte Julias Mutter nach und nach die Wohnung ausgeräumt und neu möbliert. Julia lebte wieder bei ihr und besuchte die Realschule. Ihre Mutter hatte eine Arbeit angenommen und kaum Zeit für sie. Julia konnte machen, was sie wollte. Aber Julia wollte nicht viel. Was sie wollte, wurde immer weniger. Sie sprach nur das Nötigste, blieb zu Hause, im Zimmer, den Blick vom Bett aus auf ein kleines Kreuz gerichtet.

Das Mädchen mit dem Wachsgesicht, wurde sie genannt. Für Julia waren die Menschen weit weg, nicht greifbar, nur Hülsen, Worte erreichten sie als sinnleeres Gebrabbel, ein Murmeln in weiter Ferne. Sie war eben nur ein eigenartiges Mädchen, irgendwie gestört.

„Spürst du das, Mutter?"
„Was?"
„Die Bedrohung?"
„Hier bedroht dich niemand." Bevor sie Julias Hände berühren konnte, hatte Julia sie weggezogen, denn sie hatte begonnen, an den Fingernägeln zu nagen und zu reißen, fast bis zum Halbmond.
„Aber ich bin schuld."
„Dein Vater war besessen, krank."
Zurück auf ihrem Zimmer betete sie: „Ich bin schlecht, Vater, hilf mir, rette mich vor meinen hässlichen Gedanken. Ich kann sie riechen, sie riechen nach Blut, ein stechender Gestank. Vater, sage mir, wie ich Jesus gefallen kann."

Und sie bekam Hilfe. Er sprach zu ihr, immer öfter grollten seine Worte in ihr, er lachte, verhöhnte sie, seine Stimme gellte in ihren Ohren. Die Stimme wisperte, zischte – begann, Befehle zu erteilen. Dunkle Vorhänge sollte sie vor die Fenster hängen, Nägel im Zimmer ausschütten, auf nackten Knien beten: Herr Jesus Christ, der du dein Blut am Kreuz vergossen hast zur Vergebung meiner Sünden, erbarme dich. Töte dein Liebstes, wer Gott Opfer bringt, liebt ihn und reinigt sich.

Die herausgerissenen Haare, die kahlen Stellen: Sie musste es tun, die Schmerzen lenkten ab, waren wohltuende Momente, die ihre Angst, kein gottgefälliges Leben zu führen, überspielten.

Aber die Momente wurden immer kürzer, bis aus dem Gefühl Wahrhaftigkeit wurde: Am ersten Adventssonntag 1974 trat sie den Beweis ihrer Reinheit an. Sie war zum Kirchenvorplatz gerannt und hatte sich splitternackt ausgezogen und gefleht:

„Erbarme dich!"

Julia bis 2000

Weiß. Alles war weiß gewesen an den Orten mit den Gittern vor den Fenstern. Orte mit kahlen Fluren, nur auf Strümpfen, damit sie nicht flüchten konnte, das Klinikpersonal hatte sich an Julias Murmeln und Verrenkungen gewöhnt. Sie hörten und sahen nicht mehr genau hin.
Austherapiert.
Nur noch Medikamente, durch die sie aufquoll. Alles war hässlich an ihr, die Seele, der Körper. Sie durfte nur noch mit Plastikbesteck essen. Selbst den Spiegel hatte man ihr weggenommen. Glücklicherweise gab es da noch die Glühbirnen, in der Hand zerknackt, mit den Scherben geritzt, Momente der Erleichterung.

Mach weiter, du Schlampe!

Es gab Tage, sogar Wochen, in denen sie dumpf durch die Zeit schritt, kleine Aufgaben erfüllen konnte. Auch außerhalb der Klinik.
Du Arme, hörte sie immer wieder, wie geht es dir? Wir wissen doch, dass du an der Vergewaltigung keine Schuld trägst. Dann wurde Julia besonders wütend. Verstand denn niemand, dass man ihr damit streitig machte, sich unter Kontrolle zu haben? Sie trug Verantwortung für sich und die wollte man ihr absprechen? Konnten die nicht verstehen, dass, wenn man sie zum hilflosen Opfer stilisierte, die Welt überall eine Bedrohung für sie sein musste? Wie gut, dass es den Vater gab, der mahnte, was zu tun war, um Gottes Zorn zu mäßigen.
Festgeschraubtes Bett, keine Möbel, Langeweile, Monotonie. Da konnte die Stimme erst recht Oberhand gewinnen, sie war die einzige Partnerin, ihr konnte sie vertrauen. Also zerstörte sie alles, was sie zerstören konnte – so wie ihr geheißen wurde.
Elektroschocks brannten angenehm, kitzelten nur den Geist; erhöhten die Sucht nach Schmerzen. Im rund um die Uhr hell erleuchteten Beruhigungsraum: Drohende Stille, allein die Stimme sorgte für Unterhaltung. Eingewickelt in Eistücher, wie

eine Mumie, abkühlen, bis der Körper müde geworden war.

Es wurde nur noch schlimmer. Nie konnte sie sich der Stimme entziehen, ständig wisperte, zischte, krächzte sie, mal solo, mal im vielstimmigen Chor. Sie machte sich lustig und verspottete Julia:

Es sind die anderen, die dich in den Wahnsinn treiben. Du hörst mich, du siehst dein Fleisch, also ist es wahr, die anderen sind böse zu dir, wie sie dich beobachten, misstrauisch, als ob du wahnsinnig wärst.

An einem der besseren Tage saß sie einem Mann im weißen Kittel gegenüber. Er saß in einem wuchtigen Sessel, die Beine übereinandergeschlagen. Sie versank in den durchgesessenen Federn eines anderen Sessels. Kein Augenlid zuckte, die Hände lagen wie leblos auf ihrem Schoß, keine Miene verriet, wie sie sich fühlte, sie schien die Ruhe in Person zu sein.

„Können wir miteinander reden?", fragte der Mann.

Mit einem kaum zu erkennenden Nicken bejahte Julia.

„Deine Mutter hat angerufen. Sie möchte dich gerne sehen."

„Will ich nicht."

„Sie ist sehr traurig, dass du sie seit", er schaute auf ein Stück Papier, „vier Jahren nicht zu dir lässt."

„Will ich nicht."

„Magst du mir erklären, warum?"

„Ich muss Gott beweisen, dass ich ihn mehr liebe als die Menschen, als meine Mutter!"

„Sind das nicht zwei unterschiedliche Arten von Liebe? Die Mutterliebe und die Liebe zu Gott?"

„Die Liebe zur Mutter stirbt, wenn sie nicht mehr ist. Die zu Gott darf es nie, sonst komme ich in die Hölle."

Sie faltete die Hände zum Gebet und faselte. „Denkt nicht, ich sei gekommen, um Frieden auf die Erde zu bringen. Ich bin nicht gekommen, um Frieden zu bringen, sondern das Schwert!"[16]

Die Hoffnung auf ein schönes Leben war gestorben. Das war Julia klar gewesen: keine Ausbildung, keinen Beruf, keinen Freund, keine Familie.

Es sollte ein langer Weg werden. Geschlossene wie offene Abteilungen. Verschiedene Kliniken. Immer wieder hatte es Rückschläge gegeben, die ihren Ausdruck in bis zum Knochen durchgescheuerter Haut gefunden hatten und in zertrümmerten Gegenständen.

Die Stimme half ihr, den Schmutz der Seele zu läutern, den Ungehorsam gegenüber Jesus Christus zu büßen, die Hoffnung zu behalten, dass Gottes Rache milde ausfällt.

Um über Julias dreckige Gedanken hinweg posaunen zu können, benutzte die Stimme immer stärkere Lautsprecher. Bis Julia selbst der Lautsprecher war.

Ärzte und Pfleger hörten die Befehle, doch an die Stimme kamen sie nicht heran.

Dann traf Julia eines Tages, nach vielen Jahren, auf eine junge Psychiaterin, Amelie Weiß, die nach einer weiteren langen Zeit Zugang zu ihr fand.

„Erzähle mir, was du siehst, Julia", hatte Amelie freundlich aufgefordert.

Nun mach schon, Julia, sag es ihr, damit sie weiß, dass es wahr ist.

Julia blickte in die Augen der Frau und lächelte abwesend. Sie züngelte, wie immer, wenn die Körperhülle zum Medium der Stimme wurde. Ihre Lippen formten die Worte, doch die Tonfarbe entsprang einem Medium.

„Sie sieht sie."

„Wer sieht wen, Julia?"

„Julia sieht Menschen in einer Grotte vor einem Felsentor stehen, schweigend, sehnsuchtsvoll die Arme gen Himmel gestreckt." Sie verstummte kurz. „Da, im Lichtkegel steht er, unter vielen."

„Wer steht da, Julia?"

Die Gesichtszüge entglitten, die Stimme klang, als käme sie von einem viel zu langsam abgespulten Tonband.

„Mein Vater!"

„Was sagt er?"

„Wenn ich das Böse töte, dann werde ich errettet sein."

„Wo ist das Böse?"

„In mir!"

Besorgt schaute Amelie auf Julias Hände, prüfte mit erfahrenem Blick, ob der dicke Verband an Julias Händen hielt. Julia riss daran, dann schlug sie mit immer größerer Wucht auf ihre Oberschenkel, dann in ihr Gesicht. Die Ärztin sprach etwas ins Telefon.

„Was sollst du tun, Julia?"

Nun aber sprach es verschwörerisch aus Julia. „Der Vater deutet mit dem Zeigefinger auf sie. Und sie hört seine Befehle."

Julia ohrfeigte sich. Links. Rechts. Die Stirn in zornige Falten gelegt, sprach sie mit heiserer, tiefer und wilder Stimme:

„Folge den Worten des flehenden Vaters, der da predigt: Wenn dich aber dein rechtes Auge verführt, so reiß es aus und wirf's von dir. Es ist besser für dich, dass eins deiner Glieder verderbe und nicht der ganze Leib in die Hölle geworfen werde.[17] Wenn dich deine rechte Hand verführt, so hau sie ab und wirf sie von dir. Es ist besser für dich, dass eins deiner Glieder verderbe und nicht der ganze Leib in die Hölle fahre."[18]

Ein Pfleger stand plötzlich hinter Julia. Geschickt schnallte er die Unterarme an die Armlehnen des Sessels. Amelie nickte ihm zu, und beide sahen Julias diabolischen Blick. Amelie stand auf, sie ging zu Julia, hockte sich vor sie.

„Ich würde mich gerne mit der Stimme unter vier Augen unterhalten. Aber, ich habe Angst vor ihr. Wie hältst du das aus, Julia? Sie ist nicht die richtige Partnerin für dich. Ich möchte nur Partner an meiner Seite haben, die freundlich zu mir sprechen, die mich nicht quälen. Ich weiß doch, dass sie dich quält, nicht wahr?"

Julia senkte den Blick.

„Denke mal drüber nach, wie du einen Dialog führen kannst, in dem du der Wortführer bist."

Julia starrte sie an, runzelte die Stirn und deutete an, gehen zu wollen.

Amelie bat sie dazubleiben, sich aber auf einen anderen Stuhl zu setzen. „Binden Sie sie bitte wieder los", sagte sie zum Pfleger.

„Der da ist dein Stuhl, Julia", erklärte die Therapeutin. „Verstehst du das, was ich meine?"

„Wenn ich auf diesem Stuhl sitze, dann bin ich Ich."

„Genau, großartig. Warum", fragte Amelie weiter, „wohnt die Stimme bei dir, Julia? Für wen oder was hält sie sich? Hast du sie das mal gefragt? Was empfindest du, wenn die Stimme dich steuert?"

„Ich bin wütend, ich fühle Druck in mir aufsteigen." Sie blickte nervös hin- und her. Sie schien nach Worten zu suchen. „So wie in einem Dampfdrucktopf. Dann will ich nur noch explodieren, damit die Stimme zerreißt."

„Nun setze dich auf den anderen Stuhl!"

Zögerlich kam Julia der Bitte nach.

„Danke. Schließe bitte die Augen. Warte, bis die Stimme kommt, fordere sie heraus, befiehl ihr zu kommen."

Es dauerte nicht lange, schon zuckten Julias Mundwinkel spöttisch.

„Was für einen Zweck verfolgst du mit deiner Tyrannei?", fragte Amelie.

Julia mahlte mit dem Unterkiefer. „Julia ist schwach. Ich bin stark, sehr stark sogar!" Julia ballte die Hände zu Fäusten und trommelte auf den Armlehnen. „Ich muss ihr helfen, damit sie keine weiteren Sünden begeht. Sie ist zu schwach, ihren Fehler wieder gutzumachen. Sie findet keinen Weg, mit reiner Seele vor Gott zu treten. Und wenn sie kranke Gedanken hat, muss sie bestraft werden!"

„Öffne die Augen, Julia. Gut. Gehe zu deinem Stuhl zurück."

Der Pfleger musste Julia helfen aufzustehen und zum anderen Platz zu gehen.

„Wie findest du das, dass die Stimme dir befiehlt zu schlagen, zu vernichten, zu verletzen, zu morden?"

„Schrecklich. Ich will das nicht", sie hatte regungslos dagesessen.

In Julia entwickelte sich fortan eine stetig dominanter werdende Leichtigkeit, ein Gefühl, dem sie aber noch lange keinen Namen geben konnte. Die Verkrampfung der Gliedmaßen ließ peu à peu nach. Die Gesichtszüge wurden weicher.

Dort, in der letzten Klinik, waren sie für sie da gewesen. Kein Druck. Keine Ermahnung. Keine Vorwürfe und Vorverurteilungen. Sie akzeptierten. Hörten zu. Und vor allem: Kein Wahnsinn, der blind machte; kein Wahnsinn, der Strafen als Reinigungsprozess betrachtete. Das Feuermal auf ihrem Unterarm! Eine Laune der Natur. Wie bitter und lächerlich zugleich.

Monate später fragte Amelie. „Wie klingt die Julia, wenn sie jemanden wissen lassen möchte, dass er sie gefälligst in Ruhe lässt?" Sie wartete.

„Ich! Will! Das! Nicht!", laut, nicht geschrien, souverän klang das.

Noch unsicher, aber im Gleichgewicht, verließ sie die Klinik, nahm sich eine kleine Wohnung und ging kleineren Beschäftigungen nach. Die regelmäßigen Therapiesitzungen entwickelten sich zu etwas Ähnlichem wie die Gespräche zwischen zwei Freundinnen, so empfand Julia sie.

Ohne Schrecken in den Augen, konnte sie von den Erlebnissen berichten, wie katholische Glaubensvertreter ihr und den anderen Kindern christlichen Gehorsam vermittelten.

„Im Katechismusunterricht erzählte unser Herr Pastor, dass, immer, wenn ich sündige, ich damit die Dornenkrone des Herrn Jesus tiefer in seinen Kopf drücke. Egal, ob ich nasche, lüge, keine Hausaufgaben mache, mich streite oder Widerworte gebe. Und damit bin ich schuld, dass Jesus' Schmerzen immer schlimmer und unerträglicher würden. Das hatte mich schier innerlich zerrissen, weil ich ihm natürlich nicht wehtun wollte. Wir Kinder kannten den Kreuzweg in- und auswendig. Irgendwie hat der Pfarrer es geschafft, uns glaubhaft zu vermitteln, dass Jesus nur für uns gestorben ist, damit unsere Sünden sozusagen im Vornhinein vergeben werden. Aber wenn wir dann sündigen würden, wäre sein Leid umso schlimmer, weil wir nachträglich noch was drauflegten. Ich hörte ihn förmlich schreien und um Gnade flehen, wenn ich heimlich etwas Süßes aus dem Schrank klaute. Oder ein Stück Kuchen vom Teller angelte, obwohl noch keine Kaffeezeit war."

„Erinnerst du dich an einen Moment, an dem du so richtig glücklich warst, so ein überwältigendes Gefühl in dir war, das du mit Liebe beschreiben würdest?"

Julia brauchte nur kurz zu überlegen. „Ja, nach der Beerdigung meines Vaters, als meine Mutter die Hände auf meine Schultern gelegt hatte und sich bei mir entschuldigte."

„Kannst du nachempfinden, wo dieses Gefühl steckte?"

„Ganz tief hier", Julia drückte einen Finger in das Loch zwischen den Schlüsselbeinen. „Mein Herz, ich fühle es kräftig pochen!"

„Das ist großartig!"

So viele Stationen, die das Doppel-Ich durchlaufen musste, um wieder als Single-Ich existieren zu können. Nach langer Zeit hatte sie eine andere Ebene erreicht: Es wühlte keine Angst mehr in ihr; es war ein Gefühl der Gleichgültigkeit aufgekommen.

Vergessen ging nicht. Verschließen aber; wegsperren, nach einer Ewigkeit des Terrors.

Endlich war das richtige Medikament auf den Markt gekommen. Und dann kam der Tag, an dem sie bei strahlendem Sonnenschein an den Ort des Schreckens zurückkehren konnte.

Sie ging auf das Wartehäuschen auf dem Bahnsteig der Heimatstadt zu. Das Grün der Kacheln versteckte sich stumpf unter einer Fettschicht, die abgeblätterte weiße Farbe an den Fensterrahmen legte verrottetes Holz frei, die blinden Fensterscheiben hatten Risse. Sie vernahm ein Rauschen wie das des beständigen Regens. Sie verharrte, roch den kalten Rauch des Tages, an dem sie zum ersten Mal Jeans getragen hatte.

Der Aschenbecher mit Klappdeckel, wie damals in den Raucherwagons an der Wand festgeschraubt, quoll über mit hart gewordenen Kaugummis und Papierkügelchen. Keiner fühlte sich zuständig, das Häuschen zu warten, dabei hieß es doch Wartehäuschen.

Julia lächelte.

Sie spürte wieder den Ostwind, der sich durch die Spalten gequetscht und den Geruch von Urin in die Nase geblasen hatte. Das Licht einer defekten Neonröhre im Häuschen flackerte, wie damals im Tunnel, die Holzdecke sah mal grau, mal vergilbt aus. Eine Bank stand hier nach wie vor nicht.

Ein geschundener Raum.

Sie stand da wie ein Zinnsoldat, die Finger fest eingerollt, die Nägel kniffen in die feuchten Handflächen. Sie hörte das Knarzen von Schuhen. Sie sah junge, blasse Gesichter; ein dunkles Augenpaar, sie roch rauchigen Atem. Kalter Schweiß schoss in ihre Poren, die Nackenhaare stellten sich auf, als sie zur Treppe ging. Jemand hatte auf die Treppenwände Graffiti gesprüht.

Wie in Zeitlupe griff sie sich mit der Hand an die Kehle und fühlte – nichts. Sie drehte sich um und lächelte Amelie an.

„Komm", sagte die und reichte Julia die Hand. „Es ist gut. Du hast es geschafft. Es ist vorbei. Zwanzig Jahre sind genug!" Julia fühlte sich unendlich leicht.

„Deine Begleiterin, die Schuld, ist fort; es hat sie nie gegeben. Schuld, hör zu Julia, die Schuld ist eine Erpresserin, von Menschen als Werkzeug eingesetzt. Es ist vorbei."

Amelies' Rat folgend, begann sie Briefe an ihr unbekanntes Kind zu schreiben, um ihm eine Persönlichkeit zu geben, um es liebenswert zu machen.

Die Leichtigkeit, die Freude auf unbekümmerte Stunden begegnete Julia ein weiteres Mal, als sie zweiundvierzig war.

Mit Herzklopfen ging sie zum Malkurs, dort traf sie auf ihn. Er pinselte liebevolle, kindliche Landschaften mit klitzekleinen Dörfern, denen jegliches Unglück fremd erschien. So wie seine vielen Augenfältchen, die strahlenden Pupillen, und der lustige Haarkranz, der sich wie eine Sichel um den Kopf legte. Georg, so hatte er sich vorgestellt, bewunderte die Kraft der Farben und fließenden Formen, durch die Julia ihren Bildern Dreidimensionales geben konnte.

Damals, nach einigen Monaten unverbindlicher Zweisamkeit hatte sie sich getraut, Georg zu sich in ihre Zweizimmerwohnung einzuladen.

„Warum schmückst du sie nicht mit deinen Bildern?", fragte er verblüfft.

„Weil sie mein Inneres widerspiegeln, das ich nicht nach außen kehren möchte."

In den zwanzig Jahren der Therapie hatte sie gelernt, die Seele durch Bilder sprechen zu lassen. Eines Abends zeigte sie ihm zwei DIN-A2-Mappen, mit grünen Schleifen an den Längsseiten zusammengebunden. In der Reihenfolge, wie die Malereien entstanden waren, erzählte sie ihm ihr Schicksal.

Die konturlosen, schmutzigen Kleckereien, die sie in der anfänglichen Einzeltherapie hingeschmiert hatte, entfalteten sich zu einer Winterlandschaft und wurden schließlich so bunt wie eine Sommerwiese.

Mit den Worten: „Die Kunst ist meine Erlöserin", beendete sie die Erzählung, klappte die Mappen zu und verstaute sie hinter dem Wohnzimmerschrank. „Dass ich in einer Galerie arbeiten kann, ist die Belohnung für die schrecklichen Jahre."

Dann hatte sie sich vor ihn gestellt, seine Hände genommen, ihn vom Sofa hochgezogen. Sie umarmte ihn wie eine Frau, deren Mann nach einigen Monaten im Kriegseinsatz nach Hause gekommen war.

Drei Jahre später konnte sie endlich ihren verhassten Mädchennamen ablegen und ihr Leben in die Hände des Mannes legen, der zwanzig Jahre älter war.

„Deine Geschichte ist auch meine", schwor Georg auf dem Standesamt.

Es war paradox aber hilfreich gewesen, dass der Ingenieur im Berufsleben Schienenfahrzeuge entwickelt hatte. Behutsam führte er sie dazu, Bahnhöfe, Haltestellen und Züge ihr Leben zu lassen. Wie Kinder spielten sie mit der Modellbaueisenbahn, die den Kellerraum im neu bezogenen Sechsparteienhaus füllte. In ihren Phantasien gingen sie auf Reisen voller Glück und Abenteuerlust. Bald konnte Julia allein mit Zug und Straßenbahn fahren. Georg hatte ihr das verlorene Zutrauen in die Welt zurückgegeben.

Die Stimme hatte sie hinter eiserner Tür in einer Kammer verschlossen. Nichts sollte sie mehr öffnen können.

Nur eines konnte zur Bedrohung werden: der Geruch von Formaldehyd.

Julia in ihrer Wohnung 2010

Worte poltern in ihrem Kopf, Feuerblitze züngeln hinter den Augenlidern. Die Stimme klagt wie die einer Kreißenden:

Vergeblich machtest du dich schön; in Purpurrot und mit Hurenlippen. Du Überwältigte, was wirst du tun? Doch sei unbesorgt. Ich führe dich auf den rechten Pfad. Sieh, neben dir, dein Opfer ist geboren! Du hast es wiedergeboren. So lange ist es in dir gewesen. Das Ding darf nicht leben. Sieh nur, wie frech es dich anblinzelt. Schau auf deinen Leib! Siehst du, wie tief die Wunden sind, wie es aus ihnen blutet? Da ist es hervorgekrochen. Bring es weg. Siehst du es? Ja, siehst du es nicht? Vernichte es!

„Es ist wahr. Wie konnte ich so lange zweifeln?" Wie ein zu Boden Geschlagener, der den Kampf wieder aufnehmen will, rappelt sich Julia hoch, packt das Ding. „Du dummes Balg!", schleudert es – woher hat sie diese Kraft? – Richtung Esstisch, es fliegt gegen ein Tischbein und bleibt reglos liegen.

Gut, so!

Sie fällt auf die Knie, faltet ihre bleichen Hände zum Gebet.
„O Maria, ich grüße dich dreiunddreißigtausendmal, wie dich der heilige Erzengel Gabriel gegrüßt hat. Es erfreut dich in deinem Herzen und mich in meinem Herzen, dass der heilige Erzengel zu dir den himmlischen Gruß gebracht hat."
Totenstille dröhnt in Julia. Sie kann die Augen kaum geöffnet halten. Die Glieder lodern wie bei einer fiebrigen Grippe. Sie beißt sich auf die Fingerkuppen, bis sich endlich der Schmerz über die Bilder im Kopf legt.
Sie krabbelt zum Sofa, lehnt sich an die Lehne und hüllt sich in den Morgenrock.

Ingemisco, tamquam reus:
Culpa rubet vultus meus:

Supplicanti parce Deus.
Qui Mariam absolvisti,
Et latronem exaudisti,
Mihi quoque spem dedisti.
Preces meae non sunt dignae:
Sed tu bonus fac benigne,
Ne perenni cremer igne.
Inter oves locum praesta,
Et ab haedis me sequestra,
Statuens in parte dextra.

Seufzend steh ich schuldbefangen,
Schamrot glühen meine Wangen,
Lass' mein Bitten Gnad erlangen.
Hast vergeben einst Marien,
Hast dem Schächer dann verziehen,
Hast auch Hoffnung mir verliehen
Wenig gilt vor Dir mein Flehen;
Doch aus Gnade lass' geschehen,
Dass ich mög der Höll entgehen.
Bei den Schafen gib mir Weide,
Von der Böcke Schar mich scheide,
Stell mich auf die rechte Seite.

Benjamin Bender

8. Mai 1951

An alle mich Liebenden!

Wenn Ihr diesen Brief lest, werde ich nicht mehr unter Euch sein. Es tut mir sehr leid, und ich entschuldige mich dafür, daß ich Euch diesen Schmerz bereiten muß. Hier auf Erden ist meine Kraft zu Ende. Tragt mich weiter in Eurer Erinnerung und in Euren Herzen. Macht Euch keine Vorwürfe, stellt Euch niemals die Frage: Hätten wir das verhindern können? Es sind die Bilder des Tötens und die der toten Kameraden, die sich in meinem Kopf eingenistet und meine Seele krank gemacht haben. Ewige Traurigkeit begleitet
mich.
Hinzu kommen noch die unsagbaren Schmerzen, die mir mein fehlendes Bein zufügt, und mögen sie „nur" im Kopf sein, will und kann ich sie nicht mehr ertragen. Was ist das für ein Leben, das ich nur noch dank Morphium im Delirium aushalte? Ich möchte mich niemandem mehr zumuten.
Ich liebe Euch alle von Herzen und danke für alles, was ihr mir mit Eurer Liebe und Fürsorge geboten habt. Verzeiht mir meine Fehler!

Ich bin in Liebe Euer Hanno*

*Ein spät Gefallener.

„Wer ist das gewesen?", fragt Benjamin und reicht Hanno den Brief.
„Der Bruder meines Vaters. Deshalb mein Vorname. Über meine Kriegsdienstverweigerung musste ich mit deinem Großvater nicht diskutieren. Im Gegenteil." Er holt ein Foto der verstorbenen Eltern aus dem Bücherregal. „Mein Vater hatte mir die notwendigen ärztlichen Atteste besorgt, damit ich aus-

gemustert wurde."

Anke schmiegt sich in die Strickjacke, ihre Lippen schimmern bläulich. „Ich brauche einen Schnaps", sagt sie und geht zum Kühlschrank. Mit drei beschlagenen Gläsern und einer Flasche Aquavit kehrt sie zurück.

„Ob das gut für dich ist, Mami?"

Aber Anke nimmt einen Schluck des kalten Aquavits, sie behält ihn einige Momente im Mund, bevor sie schluckt.

Benjamin nippt am Schnaps. „Am 1. Juli muss ich meine Ausbildung antreten, in Pfullendorf."

„Es ist", Hanno zieht ein zerknülltes Stofftaschentuch aus der Hosentasche hervor, um Schweiß von der Stirn zu wischen, „es ist", er brüllt gegen den klopfenden Regen an, „eine Katastrophe, dass deutsche Soldaten wieder in die Welt geschickt werden!" Er schleudert das zusammengeknüllte Tuch gegen die Terrassentür.

Benjamin sieht sich im Fensterglas Liegestütze machen. „30, 31, 32 ...", zählt er laut. Er stoppt in der Waagerechten und antwortet entspannt auf die Wortsalven des Vaters:

„Wir können barbarische Konflikte nicht mit Therapeuten lösen. Versuch mal einen IS-Kämpfer davon zu überzeugen, dass man über alles diskutieren kann!" Dann setzt er sich in den Schneidersitz und sieht zum Vater hoch. „Papi, beide Standpunkte, deine und meine, sind notwendig und schließen sich nicht gegenseitig aus. Die Kriegsskeptiker sind so wichtig wie wir Soldaten, die für Frieden, Freiheit ..."

„Das hast du prima auswendig gelernt!" Hanno klatscht in die Hände.

Anke lehnt am Rahmen der Terrassentür. Die Kerzen flackern im Zugwind. Als Hanno sieht, dass Anke erneut zum Tisch geht und nach der Flasche greifen will, packt er ihr Handgelenk, die Falten auf seiner Nasenwurzel liegen tief.

„Au, du tust mir weh, Hanno!"

„Entschuldigung", er lässt die Schultern fallen. „Mein Sohn reißt mir gerade meinen Idealismus aus der Brust, dass man nur mit Bildung Elend und Hass beseitigen kann." Erneut hält er den Brief in der Hand. Eine Träne läuft die Nasenwand hinunter. „Auch Väter haben Angst um ihre Söhne", ruft er Benjamin hinterher, folgt ihm dann in den Flur.

Mit angewinkelten Beinen macht Benjamin Klimmzüge an einer Reckstange, die zwischen den Türpfosten seines Zimmers angebracht ist.

„Ich habe eine Definition über Pazifismus gelesen", sagt Benjamin. „Die lautet in etwa so: Auf Pazifisten ist immer Verlass. Sie werden aus Überzeugung in Kriegsnot geratenen Menschen zwar nicht helfen, aber können nach leidenschaftlicher Diskussion erklären, was falsch gelaufen ist und wie die Betroffenen es hätten besser machen können."

Lautlos fällt er auf die Füße, zieht die Socken aus, krempelt die Jeans hoch, marschiert durch das Wohnzimmer an den Eltern vorbei nach draußen auf die Terrasse. Putzi folgt ihm freudig kläffend. Benjamin öffnet die Arme und ruft gen Himmel:

„Ich grüße euch, Blitzhexe und Donnermann!"

Anke bückt sich nach dem weggeworfenen Taschentuch. „Weißt du, Benjamin, wir haben einfach große Angst!" Sie schaut nach draußen. „Putzi, komm' rein!"

„Würdet ihr mich nicht mehr lieben, wenn ich ein Krüppel wäre?"

„Natürlich! Aber dich leiden sehen, wenn ich daran nur denke – warte, ich hole ein Handtuch."

Benjamin betritt triefnass das Wohnzimmer, und zieht sich bis auf die Unterhose aus. Anke reicht ihm das Handtuch.

„Allein schon diese – wie nennt man das – posttraumatischen Folgen."

„Der Brief deines Großonkels ist Warnung genug", ergänzt Hanno.

„Du dummes Balg!"

„Habt ihr das gehört?" Anke lauscht Richtung Garten.

„Was?", fragt Hanno.

„,Du dummes Balg' hat jemand in der Nachbarwohnung geschrien. Entweder höre ich Gespenster oder unsere Nachbarin streitet sich fürchterlich."

„Da ist nichts." Hanno will die Terrassentüren schließen.

„Ein Kompromiss, Benjamin: Soviel ich weiß, kann man sich

als Soldat für eine Probezeit entscheiden."

„Hanno, lass' die Tür einen Spalt auf", bittet Anke, „wegen Putzi. Die macht sicherlich ihr Geschäftchen!"

„Ihr habt mich zu einem selbstbewussten Mann erzogen", sagt Benjamin, „der sich seine eigene Meinung bilden kann. Das habe ich – und dabei bleibe ich! Ihr tragt keine Verantwortung mehr. Ich bin volljährig."

„Jeder trägt Verantwortung, wenn er sieht, dass jemand sein Leben aufs Spiel setzt." Hanno wirft die Arme resigniert hoch.

Eine Tür knallt im Treppenhaus. Eine Frauenstimme ist zu hören:

„… zieh mir etwas an und suchen beide Lucia."

Petra

Passagen aus Mozarts *Requiem* dringen von Julias Wohnung hinauf zu Petra. Ergreifender Chorgesang gleitet durch die Blätter des Kastanienbaums hinein in das schummrige Wohnzimmer.

Petra fühlt sich eigentümlich betroffen, wandert mit ihrem Blick von einem Gast zum nächsten, die Frauen stehen dort wie inszeniert, bewegungslos.

„*Requiem* hast du gesagt, Stella?" Petra fröstelt es, eine Ahnung von Düsternis überkommt sie.

„Ja", antwortet Stella. „Es bewegt mich zutiefst. Diese schwüle Witterung tut das Ihrige hinzu." Sie steht neben Petra am Spülbecken und lässt Leitungswasser in ihr Glas laufen. Sie trinkt es in einem Zug. „Ich würde mich gerne frisch machen, Petra. Wo ist denn eure Gästetoilette?"

„Da drüben, neben der Garderobe", sagt Petra. Sie stopft die herausgeschlüpfte Bluse in den Rock, dann lässt sie kaltes Wasser über ihre Handgelenke laufen, schüttelt sie und zieht ihre Perlenohrstecker ab. „Meine Ohrläppchen sind geschwollen."

„Sind die Stecker nicht aus echtem Gold?", wundert sich Evamaria. „Zeige mal." Evamaria kniet auf der Sitzfläche eines Barhockers und beugt sich vor. „Komm mal näher", sie winkt Petra zu sich. Konzentriert, unter Vor- und Zurückklappen der Ohrläppchen mit wurstigen Fingern, begutachtet die kleine Frau die geschwollenen Löcher.

„Kühlen hilft."

„Danke, Evamaria. Darauf wäre ich nicht gekommen." Petra hält ein Wasserglas in die Nische des doppeltürigen Kühlschranks. Klack, klack, klack, purzeln Eiswürfel heraus. Sie nimmt zwei Blätter Küchenpapier, wickelt jeweils einen Eiswürfel hinein und presst die Kühlsäckchen an die Ohrläppchen.

„In so einem Milieu", Evamaria rutscht vom Hocker hinunter, „darf es an nichts fehlen!"

„Pfui, was für eine missgünstige Bemerkung", bemerkt Fariba.

„Genau", sagt Petra, „Evamaria, erzähl mal: Wie kriegst du so die Tage rum – und die Nächte?"

Stella kommt von der Toilette zurück, geht zur Garderobe, schiebt Bügel beiseite und nimmt ihren Regenmantel. Sie behält ihn in der Hand, geht nochmals zum Gemälde, als ob sie sich von ihm verabschieden wollte. „Wie viele Kinder hast du, Evamaria?", fragt sie.

„Keine", antwortet Evamaria auf ihrem Weg zur Coach. Petra folgt ihr, die Finger an den Ohrläppchen. „Ich bin nicht verheiratet. Aber ich habe viele Kinder erlebt!" Evamaria nimmt im Schneidersitz auf dem Sofa Platz. „Ich war dreißig Jahre in der Sozialbehörde beschäftigt. Du tropfst übrigens an den Ohren, Petra. Die Kinder sind anstrengender geworden, weil die Eltern nicht in der Lage sind, ihnen eine Orientierung zu geben", fährt sie fort mit Blick auf Stella.

„Warst du beim Jugendamt?", fragt Fariba, während sie etwas ins Smartphone tippt. Sie lehnt am Tisch, der bedrohlich knackt.

„Beim Amt für Soziales und Senioren. Deshalb arbeite ich seit meiner Pensionierung ehrenamtlich bei Young & Mummy." Evamaria löst sich aus dem Schneidersitz, steht auf und geht zur Balkontür, ihr Glas Rotwein festhaltend.

„Wenn du nicht weißt, wie du deine Kinder erziehen sollst, frage die, die keine haben", wirft Fariba im melodischen Singsang ein. Sie schüttet den Rest einer Rotweinflasche ins Glas. „Ich weiß, wie Stress geht", erklärt sie, „ich habe zweieiige Zwillinge. Lachen macht vieles leichter. Nicht wahr, Stella?" Sie nimmt einen Schluck. „Wir haben Verantwortung übernommen und die Steuerzahler von morgen aufgepäppelt. Es ist schwer loszulassen, aber notwendig. Die Kinder müssen so früh wie möglich den eigenen Weg finden." In der linken Hand das Smartphone, in der rechten das Weinglas ergänzt sie: „Ein anderer Weg blieb uns nicht übrig, weil mein Mann und ich berufstätig sind."

Sie trocknet den Mund am linken Ärmel. Mit dunklen Augen schaut sie nach Bestätigung suchend zu Stella hinüber. „Hat nicht eines deiner Kinder Neurodermitis? Es musste sicherlich früh lernen, damit fertig zu werden." Sie leert das Glas und schiebt es Petra hin, die am Tisch Platz genommen hat. Petra legt das durchnässte Papier, mit dem sie die Ohrläppchen gekühlt hat, auf einen Teller. Zögerlich steht sie auf. Ihr ist schwindelig.

„Stella", Evamaria reckt den rechten Zeigefinger, „wegen der Neurodermitis: Ihr müsst Schüssler Salze nehmen, schwöre ich drauf! Nehme ich bei jedem Mückenstich – kein Juckreiz mehr! Und Bachblüten!"

Seufzend lässt sich Stella ins Sofa fallen, legt den Regenmantel neben sich, schlägt ein Bein über das andere. „Ja, liebe Evamaria", Stella legt ein madonnengleiches Lächeln auf, „der liebe Gott hat in der Tat einen Zaubergarten an Heilkräutern angelegt, aber vergessen, Bedienungsanleitungen beizulegen. Globuli können auch nicht gegen Schwangerschaften helfen, es sei denn, Frau klemmt sie sich zwischen die Knie." Sie schaut verschmitzt in die Runde.

„Halleluja", prustet Fariba. „Gibt es Globuli gegen Love Handles?" Sie packt mit beiden Händen ihre Hüftrolle an, die sich unter dem weißen T-Shirt abzeichnet. Darauf steht in Glitzerbuchstaben: Happiness is not a destination, it is a way of life.

„Apropos, ‚Halleluja'", wirft Evamaria beschwipst in die Runde. „Feierst du eigentlich Weihnachten, Fariba?"

Fariba schlürft geräuschvoll am Wasserglas. „Salâm! Klar, wir nennen das Dönachten!"

„Dann gibt es bei euch Dönageschenke?", fragt Stella.

„Unterm Dönabaum, selbstverständlich!", bestätigt Fariba.

„Mit Dönakugeln und Dönametta?", prustet Petra und setzt die neue Rotweinflasche hart auf die Glasplatte. Tränen vor Lachen laufen über ihre Wangen und hinterlassen Streifen im Make-up. Sie nimmt eine Serviette und wischt übers Gesicht.

„Ich Idiot!", tadelt sie sich, als sie die braunen Flecken im Tuch sieht. Ihre Wangen glühen. „Ist es so heiß, oder liegt das an mir, dass ich – wie sagt man – im Wasser steh'?" Sie fächelt sich – unter Evamarias musterndem Blick – Luft zu.

„Du musst viel Soja zu dir nehmen." Evamaria schlingert

zum Esstisch. „Sojakeime und viel Ingwertee mit frischer Minze, und Suppen, zum Beispiel Kürbissuppe oder Kartoffelkarottensuppe. Aber Soja ist wohl am besten. Die schnes..., die scheni..., die chinesischen und japanischen Frauen haben deswegen keine Wechseljahrbeschwerden. Ingwer und hauptsächlich Soja. Aber", sie knackt mit den Fingern, „Voraussetzung ist die tägliche Einnahme, am besten frisch, keine Dingens, äh, Ersatzprodukte, wirkt Wunder, schon nach Tagen, und man ist weniger anfällig für Krebs und sonstige Immunschwächen. Ich könnte es aus eigener Erfahrung bezeugen, wenn ich nicht mit Mitte Dreißig eine Totaloperation gehabt hätte."

Petra beugt sich über den Tisch und stützt ihren Kopf auf ihre Hände. „Ach, wie gut, dass niemand weiß, dass ich Kräuterhexchen heiß", krächzt sie. „Du hast für alles eine Lösung, oder wie?" Sie schaut in Evamarias überhitztes Gesicht. „Meine Nerven sind gespannt wie ein Flitzebogen. Ich schieße heute Abend wohl übers Ziel hinaus. Entschuldige, Evamaria."

„Bist du jetzt wach, Ludovico? Ich zieh' mir was anderes an und dann suchen wir Lucia", hallt eine Stimme durchs Treppenhaus.

„Hörst du?", jubiliert Petra, beide Zeigefinger erhoben, „da haben wir den Beweis: Ludovicos Nachbarin!"

„Krakelende Frauen bereiten mir Ohrenschmerzen." Axel ist wie aus heiterem Himmel wieder da, im satinseidenen, königsblauen Morgenmantel. „Ach, das Gezeter kommt nicht von hier", stellt er fest. „Eine merkwürdige Stimmung ist das heute Abend."

Das Telefon klingelt, er nimmt es von der Ladestation und geht.

Julia

Georgs weißer Frotteemantel umhüllt Julia wie ein Leichentuch. Seelenlos steht sie in der Mitte des Wohnzimmers. Aus dunklen Augenhöhlen fällt der Blick auf das Bündel unter dem Tisch. Ihre Arme hängen schlaff, sie dreht die Handflächen nach oben, betrachtet sie, ist es ihr Blut? Sie weiß es nicht. Sie schließt die Augen.

Eine Erinnerung legt sich wie ein schwaches Licht hinter ihre Lider, wieder hört Julia freundliche Worte: „Wenn du in eine bedrohliche Situation kommst, dann scheue dich nicht: Geh hinaus, irgendwohin, in den Wald, egal, und schrei die Angst hinaus. Vielleicht das Wort ‚Vorbei'."

Julia sieht sich mit einer Frau auf einem Bahnsteig, die sie untergehakt hat. Aber wohin nur? Wohin? Wann hört das endlich auf? Mit letzter Kraft schiebt sie die Terrassentür weit auf, scheut kurz den Regen und trippelt dann auf den quadratisch angelegten Rasen.

„Vorbei!", sagt sie, leiser als ein Flüstern. Sie nimmt allen Mut zusammen und schreit es hinaus: „Vorbeiiii!" Die Arme liegen dicht am Körper, die Hände zu Fäusten geballt.

Die tropfenden Bäume und Büsche leiten die Klage in die Welt hinaus. Erneut knallt irgendwo eine Tür.

„Frau Bauer?"

Aus dem Gebüsch ruft eine tiefe Stimme ihren Namen. Sie dreht sich verängstigt in die Richtung, den Mund weit aufgerissen. Die Hände an die Ohren gepresst, rennt sie hinein. Der Brustkorb hebt und senkt sich, langsam nimmt sie die Hände von den Ohren, sie horcht, keine Stimme mehr, das Gluckern des abfließendes Regens im Fallrohr an der Terrassenecke beruhigt sie.

Ihre Silhouette spiegelt sich im Wohnzimmerfenster. Tränen fließen über das blasse Gesicht. Oder sind es Regentropfen, die der Wind an die Scheibe gepeitscht hat? Getrocknetes Blut hinterlässt bizarre Muster auf Beinen, Kopf und Hals.

Das Gewitter hat sich in zählbarer Entfernung verzogen, ab und an erhellt ein ferner Blitz den Himmel.
Sie erkennt durchs Fensterglas das Bündel unter dem Tisch. Armes Ding, sie beißt auf ihre Fingerkuppen, sie schmecken bitter.
Sie haben es geschafft, beruhigt sie die freundliche Erinnerung, ich brauche Eis, viele Eiswürfel. Sie durchwühlt die Schubladen des Tiefkühlfachs, wirft die Tiefkühlware durch die Küche. Schließlich hält sie einen Beutel Eiswürfel in der Hand, das reicht doch nicht!, niemals für ein Eisbad! Mit den Zähnen reißt sie die Packung auf, beugt den Kopf übers Spülbecken und schüttet die Würfel über die geschundene Kopfhaut, klack-klack-klack, das tut gut, ich höre doch nur Geister!

Geister? Sind die Wunden Einbildung? Schau hin! Da, unter dem Tisch! Komm schon! Näher! Wie feige du geworden bist. Siehst du die Gestalt im weißen Tuch?

In der Tat, es ist wahr. Ganz eindeutig. Da ist es wieder: das Ding, im weißen Laken. Langsam hockt sie sich nieder, ein nebeliger Film legt sich über ihre Augen, sie fixieren das Bündel unter dem Tisch.
Es rührt sich nicht.
Sie kriecht zu ihm, schmiegt sich an den weichen Körper, flüstert: „Seht, das Lamm Gottes, das die Sünde der Welt hinwegnimmt"[19], zärtlich streichelt sie ihr Opfer mit blutiger Hand. Sie wittert etwas, schnuppert am Tuch des Dings, sie wittert ihn wieder, den stechenden Geruch: Formaldehyd!

Hexe! Missgeburt! Du musst deinen Vater erlösen. Hol' die Schere! Das Ding lebt. Es muss weg!

„Ich will das nicht, hörst du?"

Es muss weg!

Der Befehl hallt in ihrem Kopf wie ein Echo in den Bergen. „Verschwinde!" Julia springt auf, wie ein Tiger im Käfig marschiert sie auf und ab, reißt Schubladen und Schränke auf. Sie zieht ein Messer aus dem Messerblock, rast zum Spiegel im Flur: „Da bist du, du dummes Ding mit deinen albernen, blonden Zöpfen! Hier", sie sticht auf es ein, die Klinge bricht und fällt dumpf zu Boden, sie tritt in sie hinein, egal, rote Fußabdrücke, wie getanzt, kreuz und quer.

„Hau ab!", sie trommelt mit den Fäusten auf die schiere Kopfhaut. Julia erreicht das Spülbecken, schaufelt mit beiden Händen Eiswürfel heraus und reibt sie über ihren Kopf.

Noch ein Mal, tu's noch ein Mal!

Das nächste feinkantige Messer schmiegt sich in ihre rechte Hand, sie setzt die Schneide in den linken Handballen und führt sie sanft durch den Muskel. Seltsames Summen kitzelt ihr Trommelfell. Was soll das sein? Burgunderrote Tröpfchen fallen ins Spülbecken. Sie purzeln aus haardünnen Wunden, die das Messer akkurat in den linken Unterarm ritzt.

Das ist gut. Unrecht kann nie zu Recht werden.

Ein Stimmenwirrwarr wie in einer Bahnhofshalle wummert unter ihrer Schädeldecke. Die Klinge schabt und ritzt über den Unterarm. Ein Heulen wie von einem Wolfsrudel dringt durch ihr Trommelfell. „Uuuuh! Ich kann nicht mehr."

Das Smartphone ruckelt auf der Arbeitsfläche.

Georg! Wie vom Schlag getroffen, wirft sie das blutverschmierte Messer weg. Es rutscht über die Fliesen der Küche, über den Teppichboden, unter den Esstisch, landet beim blutbefleckten Laken, unter dem Locken hervorschauen, das Totenlaken, beklagt von den Klängen der Chöre, sie singen mein Requiem, sie singen von meiner Verzweiflung, sie singen von Gott, er wartet auf mich, er, der Tod – ich habe es verstanden, mein Gott – ist der Freund des Menschen, also bist du, mein Gott, der Tod und bringst mir Frieden:

Agnus Dei, qui tollis peccata mundi,
dona eis requiem Sempiternam,

Lux aeterna luceat eis, Domine,
Cum sanctis tuis in aeternum,
quia pius es;
Requiem aeternam dona eis, Domine,
Et lux aeterna luceat eis.

Christe, Du Lamm Gottes, der du trägst die Sünd der Welt,
gib uns deinen Frieden, Amen.
Ewiges Licht leuchte ihnen, Herr,
mit allen deinen Heiligen,
denn du bist gut.
Ewige Ruhe gib ihnen, Herr,
Und ewiges Licht leuchte ihnen.[20]

 Julia legt sich zum Opfer, schnappt sich das Messer, zärtlich streicht die Klinge über das Tuch. Das Smartphone hat sich beruhigt, es piept zwei Mal hintereinander.
 Mit einem fernen Grollen verabschiedet sich das Unwetter.

Benjamin

Der Schlüssel der Badezimmertür klickt im Schloss. Benjamin tritt heraus, eine Dampfwolke schwebt in den Flur.

„Das heiße Duschen werde ich vermissen, Mutti. Ich höre schon jetzt den Spieß, wie er mich als Warmduscher verhöhnen wird. Aber was soll's?" In Boxershorts geht er in sein Zimmer. „Ich geh' dann gleich noch weg", lässt er die Eltern wissen. Er zieht die Zimmertür hinter sich zu und wirft das Handtuch aufs Bett. Dann nimmt er sein Handy und scrollt sich durch Fotos. Er sieht sich mit Nele an einem Strand herumalbern. Ihre Eltern wissen gar nicht, dass sie zusammen sind und dass sie gar keinen Bock aufs Studium hat. Er küsst kurz das Bild, dann geht er zur Terrassentür und drückt sie weit auf.

Die Südwestterrasse führt vom Zimmer am Elternschlafzimmer vorbei, ein schmaler Kiesweg verbindet sie mit der Nordwestterrasse, an der das Wohnzimmer liegt. Plötzlich sieht er etwas Dunkles durch den Regen aus Nachbars Garten kommen, über den Rasen huschen, vier Pfötchen traben über den Kiesweg Richtung hintere Terrasse.

„Hey, Putzi!", ruft er.

Tatsächlich, der Dackel stoppt, dreht sich um und läuft auf ihn zu. Im Fang hängt etwas Lebloses. Hoffentlich kein Kaninchen, denkt Benjamin und greift nach dem Handtuch, weil er Putzis Pfötchen abputzen will. Er bückt sich. „Zeig', was du da hast."

In Jagdhundmanier schüttelt Putzi ihre Beute und stolziert durchs Zimmer.

„Ist das ein Kaninchen? Aus, Putzi!"

Für die Hündin ist der Beutezug an Benjamins Zimmertür beendet, sie legt sich und lässt das Tier aus der Schnauze fallen, nicht ohne kurz zu knurren.

„Fein gemacht", lobt Benjamin. „Ach, das ist ein Stoffhase! Wo hast du den denn gefunden? Die Marke gibt es immer noch?", staunt er. Von seinen Schmusetieren derselben Firma, denen allerhand Gliedmaßen fehlen, hat er sich bisher nicht trennen können. Sie liegen alle versteckt in einer Kiste unter dem Bett.

Gerade will er die Terrassentür schließen, als der Wind einen Schrei zu ihm herüberträgt. Es klingt wie: „Vorbei!" Er schaltet das Terrassenlicht an, geht hinaus. Eine Weidenhecke, deren Blätter welk und blass sind, trennt Benders Garten von Bauers. Er schaut durch die dürre Hecke.

„Frau Bauer?"

Ihm fährt der Schrecken in die Glieder; die Person erinnert ihn an eine Figur aus einem Horrorfilm: dunkle Augenhöhlen und ein aufgerissener Mund. In einem flatternden hellen Mantel oder Ähnlichem huscht sie fort. Was soll er tun? Er zuckt mit den Schultern und will hineingehen. Aber ein Blick auf seine schmutzigen Füße lässt das nicht zu.

„Mama?", ruft er in die Wohnung hinein. Er wartet einen Moment.

„Mutter? Aaaankeeee?"

Die Zimmertür geht auf. „Was schreist du so? Was machst du da?", fragt Anke verblüfft. Ihr scheint's die Sprache verschlagen zu haben, aber dann fängt sie an zu lachen.

„Da steht mein Kleiner, pitschnass, wie einst als Kindergartenkind, als er in eine Pfütze gefallen war."

„Kannst du mir das Handtuch reichen?", bittet Benjamin.

Putzi flitzt derweil zwischen Ankes Beinen hindurch ins Freie.

„Was ist das? Ein Stoffhase? Hat mein Benni damit gespielt?" Sie krümmt sich vor Lachen und wirft sich aufs Bett.

„Mutti!" Benjamin streckt die Hand aus, um nochmals nach dem Handtuch zu bitten.

„Uuuuh! Ich kann nicht mehr!" Anke greift nach dem Handtuch und gibt es ihm. Beide bemerken in diesem Moment, dass Hanno in der Tür steht. „Benjamin spielt mit Stoffhasen im Regen! Eine neue Truppenübung."

„Putzi hat den Hasen gefunden", klärt Benni auf und schaut dem Hund hinterher. „Im Garten stand eine merkwürdige Person. Haben die Bauers Besuch?"

„Nicht dass ich wüsste. Allerdings", Anke rollt aus Benjamins Bett und nimmt den Hasen, „ich meine, von Simons

Tochter Lucia vor einigen Tagen damit gesehen zu haben, als wir uns draußen trafen und sie Putzi streicheln wollte."

„Na, das wird sich morgen klären", meint Hanno, „ich muss an den Rechner, eine Klausur vorbereiten."

„Ist es nicht wunderbar, dass der Abend fröhlich endet?", freut sich Anke.

Was heißt ‚endet'? Für mich geht's gleich erst los", sagt Benni und steigt in eine Jeans.

„Wen triffst du denn?"

„Nele, die Tochter von den Kerns oben drüber."

Petra

Der Regen hat kaum Abkühlung gebracht. Im Wohnbereich flimmert Feuchtigkeit über den Stehlampen, die den Raum in ein trübes Gelb tunken.

Die Frauen stehen an der Küchenbar und trinken Espresso. Petra stellt kleine Kristallgläser zu den Espressotassen und schenkt Grappa aus. Ihre Frisur hat jegliche Haltung verloren.

„Ich will unserer Tochter eine Digitalkamera zum Geburtstag schenken. Wie viele Bilder passen auf einen digitalen Film?", nuschelt sie.

„Wie blöd ist die Frage denn?", fragt Evamaria. Sie sitzt auf dem vordersten Rand eines Barhockers. Beim Anzünden einer Zigarette mustert sie die Gastgeberin.

„Das war ein Scherz", antwortet Petra.

Evamaria schnaubt, setzt das Glas an die Lippen, wirft den Kopf in den Nacken und schüttet den Grappa hinunter.

Stella stellt sich vor sie. „Nimm doch nicht alles so ernst, Evamaria. Nicht jedes Problem braucht eine Lösung." Sie schaut auf die Uhr. „Fast viertel vor Zehn, ich muss jetzt aber wirklich los!"

„Ich geh' wohl auch lieber." Evamaria rutscht vom Hocker und kann gerade noch einen Sturz vermeiden, indem sie sich an Stella festhält.

„Na, mein Schatz, hast du dich beruhigt?" Axel steht mal wieder unvermittelt im Raum. Mittlerweile trägt er Jeans, darüber ein aufgeknöpftes Oberhemd, über dem Rand des T-Shirts, das er darunter trägt, zwirbeln graue Brusthaare hervor. Das nasse, nach hinten gekämmte Haar liegt ihm glatt am Kopf. Eine Hand steckt lässig in der Hosentasche, mit der anderen schenkt er ein Glas Wasser aus der Karaffe ein. Er geht zur Balkontür.

„Axel, der Mann aus heiterem Himmel", stellt Petra fest.

„Hier stinkt es wie in einer Spelunke!" Axel wedelt mit einer Hand vorm Gesicht. „Müsst ihr drinnen qualmen?"

Bedrückendes Schweigen füllt den Raum. Sogleich entfernt

Petra den Aschenbecher. Axel mustert den Teppich zu seinen Füßen und beugt sich vor, um unter den Tisch zu schauen.

„Das ist gut geworden, mein Schatz. Notfalls schneiden wir die Flecken mit einem Teppichmesser raus. Moderne Kunst, nicht nur an der Wand, auch unterm Tisch."

„Ihr Zynismus ist für mich kaum zu ertragen", sagt Stella.

„Übrigens, Petra", wirft Axel ein, „hat unsere Tochter angerufen. Wusstest du, dass sie sich mit dem Benjamin aus dem Erdgeschoss trifft?"

„Nein!"

„Sie kommt vielleicht morgen Früh, um mit uns über etwas zu reden."

„Also, das möchte ich sofort wissen, worum es geht." Petra nimmt das Telefon, das auf der Arbeitsfläche steht, und drückt eine Taste.

„Nun lass' sie mal." Er wirft ihr einen genervten Blick zu, stellt das Wasserglas auf den Tisch. „Sie hat's mir erzählt, worum es geht."

„Und?"

„Sie schmeißt das Studium. Hat keinen Bock mehr, wie sie sagt." Er nimmt neben Stella auf der Couch Platz, die Ludovicos Gemälde intensive Blicke schenkt.

„Da haben wir wohl noch ein Wörtchen mitzureden!", fordert Petra, während sie die Grappa-Gläser abwäscht. „Rede mal mit diesem Benjamin, Axel." Ein Glas zerspringt im Spülwasser. „Au, Mist!" Sie lässt kaltes Wasser über die Schnittwunde laufen und lutscht das Blut von ihrem Finger.

„Also, ich finde –", fällt Evamaria ein.

„Du findest schon mal gar nichts", weist Petra sie zurecht.

„Soll ich noch mehr berichten?", fragt Axel und rückt an Stella heran.

„Ich höre", sagt Petra.

„Sie findet es toll, dass der junge Mann zur Bundeswehr will. Das sei etwas Handfestes, sagt sie, da könne man etwas bewegen. Sie will das auch."

„Dazu fällt mir grade nichts ein. Aber gut, warten wir bis

morgen mit dem Gespräch. Ich bin jetzt zu aufgewühlt." Petra öffnet die Klappe des Geschirrspülers und sortiert benutzte Teller hinein.

„Findest du nicht, dass es höflicher ist, erst aufzuräumen, wenn die Gäste gegangen sind?", fragt Axel, ohne sich zu ihr umzudrehen.

„Von Anstand solltest du gerade nicht reden." Sie sieht Fariba mit dem Rücken zum Wohnzimmer in der Balkontür stehen und hastig an einer Zigarette ziehen. Der Sturm hat Kerzen der Kastanie zerrupft, die Blüten liegen, wie von Kinderhand auf einer Hochzeit verstreut, auf dem Balkon. Fariba wispert ins Smartphone, gestikuliert mit der Zigarette in der Hand. Bruchstückhaft sind Fragen zu verstehen: „Wer hat dich benachrichtigt? Er? Über Skype?" Sie macht einen Schritt hinaus und zieht die Balkontür hinter sich zu.

Axel rückt noch näher an Stella heran, neigt den Kopf zu ihr, so weit, dass er ihren knapp nicht berührt. „Nicht wahr, das Bild besitzt eine besondere Aura."

Stella zupft an der Haut unter ihrem Kinn.

„Nun", sagt Petra, sie steht wie Evamaria hinter dem Sofa, „da kannst du sagen, was du willst, Stella versinkt schon den ganzen Abend wie eine Verliebte in dieses Bild."

Stella steht auf. „Nun muss ich aber gehen."

„Na, gut", Axel steht ebenfalls auf und schnappt sich im Vorbeigehen den kümmerlichen Rest der Häppchen. „Meine Damen, ich wünsche einen feinen Abend."

„Warte auf mich, Stella", ruft Evamaria.

„Schade, dass ihr schon gehen wollt", Petra folgt ihnen zur Garderobe. Unvermittelt steht Fariba bei ihnen, das buschige Haar wirr, der dunkle Teint bleich. Sie schlägt die Hände vors Gesicht.

„Was ist los mit dir?", fragt Petra. Die drei Frauen greifen Fariba unter die Arme, stützen sie auf dem Weg zum Sofa. Erschöpft lässt sie sich fallen. Sie weint erbarmungslos.

„Wir haben es nicht gemerkt", schluchzt sie kaum verständlich, während Stella sich zu ihr setzt und sie umarmt. „Wir haben es nicht wahrhaben wollen. Wie konnte das passieren?"

„Sag', was ist los?"

„Karim, mein Sohn, ist in Syrien. Er hat gesagt, wir sollen

ihn vergessen. Seine Probleme wären uns gleichgültig. Jetzt habe er Freunde gefunden, die ihn achteten." Mit geröteten Augen schaut sie in die Runde. „Mein Mann ist in die Türkei geflogen."

Es klopft an der Wohnungstür. „Herr Kern, Frau Kern", ruft eine Frau.

Axel öffnet sie.

„Guten Abend! Haben Sie Lucia gesehen?"

„Ah, Frau von Simon!", sagt Axel und schließt die Tür wieder.

„Hey", ruft eine Männerstimme von der anderen Seite, „machen Sie doch bitte auf!"

WIEDERGEBURT

Trutzig liegt das Haus da, eingebettet in einem Schutzwall blühender Rhododendren. Fahrräder, deren Sättel feucht glänzen, stehen unter einer Straßenlaterne auf dem Gehweg.

Die Leuchten an der Mauer der Garagenzufahrt erhellen den Weg, Nebel steigt aus ihnen auf. Der Aufdruck im Fußabstreifer vor dem Eingang heißt den Gast willkommen.

Sechs Briefkastenschlitze sind in drei Zweierreihen neben der Eingangstür in die Hauswand eingelassen. Daneben ist eine Edelmetallplatte für den Lautsprecher der Türsprechanlage angebracht; neben jedem Klingelknopf sind die Namen der Hausbewohner eingraviert. Wer eintritt, hat die Wahl zwischen Fahrstuhl oder Treppenaufgang. Die Oberlichtfenster der sechs Wohnungen liegen zur Eingangsfront.

Bei Familie Bender, in der rechten Erdgeschosswohnung, ist es fast dunkel. Nur in einem hinteren Zimmer scheint Licht zu brennen.

In Julias Wohnung flackert buntes Licht, als ob dort, im Erdgeschoss links, eine Party stattfinden würde.

Das Gästeklofenster der darüber liegenden Wohnung, die zu Petra und Axel Kern gehört, ist gekippt. Stimmen, die durcheinander plappern, durchbrechen die Stille, die das Gewitter hinterlassen hat. Nebenan wohnt Hans-Herbert Schöller. Helligkeit und das Rauschen einer Spülung dringen durchs Oberlichtfenster.

Das Atelier des Künstlers Ludovico David ist hell erleuchtet. Die Dachterrasse, die über Petra Kerns Wohnung liegt, wirkt wie ein beleuchtetes Stadion.

Schwaches Licht in Agnetas Dachgeschosswohnung deutet auf einen ruhigen Abend hin.

Im Treppenhaus ist es für einige Minuten hell, dann für Sekunden finster, dann wieder hell. Zwei dunkle Gestalten stehen vor der Wohnungstür der Familie Bender. Es sind Agneta und Ludovico. Benjamin öffnet die Tür. Er überragt Agneta und Ludovico um eine halbe Kopfgröße. Er schüttelt den Kopf.

Benjamin

„Moment, bitte." Benjamin wendet sich Richtung Wohnzimmer. „Wir haben vorhin etwas gefunden, beziehungsweise unser Dackel hat es gefunden. Wo ist der Stoffhase?" Er entdeckt ihn in Putzis Körbchen und holt ihn.
„Kennen sie den? Gehört er Ihrer Tochter? Wie heißt sie noch mal?"
„Lucia", sagt Agneta kaum hörbar, „ja, das ist ihrer." Sie nimmt ihn entgegen. „Wo hat der Hund den gefunden?"
Korbinian ruft von der zweiten Etage hinunter: „Bei dir und in Ludovicos Wohnung ist sie definitiv nicht."
„Kommen Sie doch kurz rein", bittet Benjamin höflich.
Ludovico knibbelt mit den Zeigefingern an der Nagelhaut der Daumen. „Nein, danke", antwortet er, „wir sind total beunruhigt. Lucia war bei mir. Verdammt. Ich habe sie weggeschickt. Ich war", er räuspert sich, „beschäftigt."
„Voll mit Kokain warst du", faucht Agneta. „Deine Pupillen sind immer noch erweitert! Der Junkie glaubt, den Weltschmerz für sich gepachtet zu haben! Und nun ist sie verschwunden."
Benjamin macht mit den Händen eine beschwichtigende Bewegung. „Putzi kam durch die Hecke vom Nachbargrundstück, mit dem Hasen im Maul. Ich dachte erst, sie hätte einen lebendigen gefangen."
„Aus Julias Garten?" Ludovico setzt sich auf die unterste Stufe der Treppe und presst die Hände vors Gesicht.

Julia und Ludovico waren sich, obwohl sie im selben Haus wohnen, seit seiner Vernissage nicht mehr begegnet. Erst auf der Finissage fanden sie Zeit, miteinander zu plaudern.
Julia zupfte unentwegt an den Ärmeln ihres Strickpullovers, sie zog sie bis über die Mitte der Handballen. Sie fühlte eine Seelenverwandtschaft, aber seine Bitte, sie porträtieren zu dürfen, schlug sie aus. Das machte keinen Sinn, etwas Unscheinbares abzumalen, meinte sie.

„Nie wieder sagst oder denkst du so etwas von dir, Julia."

Die Galerie war kaum besucht. Sie schlenderten nach draußen ins Atrium, ein mit Kopfsteinpflaster und weißen Hortensien bepflanzter Innenhof, der in seiner Rustikalität im Widerspruch zum stylischen Innenraum lag. Sie nahmen Platz auf einer Bank.

Er betrachtete ihr Gesicht, bleich wie eine Oblate, das Rouge auf ihren Wangen verlieh ihr etwas Maskenhaftes. Der Schal lag locker um den zarten Hals und gab den Blick auf Narben frei, dünn wie Spaghetti und blasser als die Haut.

„Was ist passiert, Julia?"

Hastig band sie den Schal enger und schwieg.

Ludovico nahm ihre linke Hand und begann, von sich zu erzählen. Er endete mit dem Geständnis, dass er glaubte, nur mit den drei Freunden – Kokain, *A Clockwork Orange* und den *Toten Hosen* – dem Albdruck entfliehen zu können.

Als Julia mit ihrer Geschichte fertig war, die sie monoton abgespult hatte wie ein ungeliebtes Gedicht, das man als Schüler lernen musste, sagte sie leise:

„Manchmal fühlen sich meine Gedanken schwammig an und mir wird schwindelig. Das ist eine Warnung, dass meine Krankheit wie ein inaktiver Vulkan in mir schlummert. Weißt du, was ich dann mache?"

„Nein."

„Ich nehme mir die Bibel zur Hand."

„Ich verstehe nicht?"

„Nicht irgendeine Bibel. Die meines Vaters."

„Das wirst du mir erklären müssen."

„Ich fand sie im Nachlass meiner Mutter. Darin stecken immer noch die Zettel, mit denen mein Vater die für ihn wichtigsten Bibelstellen markiert hat."

Er hörte, wie die letzten Besucher die Galerie verließen. Beide gingen zurück in den Ausstellungsraum und schlenderten an Ludovicos Gemälden vorbei.

„Wenn Jesus als Stimme Gottes nicht in Bildern gesprochen, sondern sich eindeutig ausgedrückt hätte, könnten die Menschen die göttlichen Lebensempfehlungen gar nicht anders verstehen als sie gemeint sind." Julia schenkte ihm und sich den Rest aus einer Sektflasche ein. „‚Wenn dich aber dein rechtes Auge verführt, so reiß es aus und wirf's von dir. Es ist besser für dich, dass eins deiner Glieder verderbe und nicht der ganze Leib in die Hölle geworfen werde'."

Sie leerte ihr Glas in einem Zug. „Wer soll denn verstehen, dass Jesus angeblich nur an die Moral appelliert, keinen Ehebruch zu begehen? Wer stabil ist, der hat keine Angst vor solchen Sätzen. Kindern und Schwachen vergewaltigt man damit das Herz … und nicht nur das. Nicht nur mein kranker Vater hat im Wahn Bibelstellen gewählt, die Strafe als Erziehungsmethode benutzt."

Ludovico stellte sein Sektglas auf einen Tisch. „Aber …", er ging zu einem Stuhl ohne Lehne und setzte sich, „du musst keine Angst mehr vor der Stimme haben, Julia."

„Was dir als Kind zugefügt wurde, wirst du nie wieder los. Das hast du am eigenen Leib erfahren, nicht wahr?" Sie schaute hinaus auf die Straße, mit dem Rücken zu ihm gewandt. Er registrierte, dass ihre Stimme gebrechlich klang und stellte sich neben sie.

„Konnte Jesus eigentlich schreiben?", fragte er.

„Das ist eine gute Frage. Auf alle Fälle sind die biblischen Texte nach mündlicher Überlieferung niedergeschrieben worden. Nach einer Art – wie ich finde – Stille Post. Menschen haben die Bibel verfasst. ‚Die Hölle, das sind die andren', schreibt Jean-Paul Sartre in seinem Drama ‚Geschlossene Gesellschaft'. Deshalb nehme ich sie zur Hand, wenn ich mich unruhig fühle – verstehst du?"

Er nickte und nahm wahr, wie sie durch die vorbeirauschenden Menschen vor der Tür hindurchschaute.

„Ich habe sie gesucht", sagte Julia nach einer Weile.

„Das Mädchen?"

„Mädchen? Nun, ja, die Frau, sie muss mittlerweile achtunddreißig Jahre alt sein. Ich vermisse sie. Da ist ein unendliches Verlangen", sie drückte eine Faust auf ihr Herz, „nach Liebe; nach der Liebe, wie sie nur zwischen Kindern und Eltern sein kann, und die ich nie erfahren durfte. Vielleicht sehne ich mich deswegen doppelt so viel, weil ich endlich schenken möchte."

Ihre Pupillen glänzten. „Meine Puppe Gretel, die mich treu begleitet hat, möchte ich ihr geben. Sie ist für mich", Julia schaute beschämt auf ihre Fingerspitzen, „wie die Weitergabe meiner Gene an die nächste Generation, das, was einem das ewige Lebensgefühl gibt."

Ludovico blickte sie von der Seite an. „Jetzt verstehe ich, was Stella mit bedingungsloser Liebe meinte."

„Wer ist Stella?"

„Eine Freundin. Sie hatte versucht, – wie soll ich das beschreiben? – mich von meinen Methoden wegzubringen, mit denen ich meinen Dämon bekämpfe." Er rollte die Augen. „Ich hatte sie nicht verstanden und bin sauer geworden. Seitdem habe ich sie nicht mehr gesehen." Er nahm Julias Hände in seine. „Hast du etwas über deine Tochter herausgefunden?", fragte er.

Julia fühlte einen Kloß in ihrem Hals.

Julia

Bring' *es zu Ende und dein Lohn wartet auf dich. Liederliches Weib, bist zu feige!*

Durch einen Schleier sieht sie den Satan auf sich zu spazieren, auf allen vieren kommt er daher. Da ist ein schweres Buch schnell gefunden und mit gewaltigen Schlägen zermalmt es den Kopf des Bösen, es jault wie ein Kojote, warme Tropfen sprenkeln über ihr Gesicht. Sie wirft den Kopf in den Nacken. „Die Gnade des Herrn Jesus sei mit allen!", lacht sie hinaus, während sie das Messer nimmt und Satans Schwanz abtrennt.

Es gibt kein schuldlos schuldig.

Wie von Geisterhand gesteuert rappelt sie sich auf, das weiße Gewand befleckt, wandelt sie ziellos umher und schmiert Blut von ihren Händen an Pfosten und Türen. Ebenso traumwandlerisch geht sie zurück zum Tisch, kriecht unter ihn, legt das eingewickelte Ding an die Brust, wiegt es hin und her.
„Mein Lämmchen! Wenn die Kinder artig sind, kommt zu ihnen das Christkind, wenn sie ihre Suppe essen und das Brot auch nicht vergessen, …"
Sie schaukelt vor, zurück, der hohle Blick auf das wie eine Mumie im Laken eingerollte Ding, eine klebrige Hand stützt das Köpfchen, wie eine liebende Mutter es tut. Die andere hält das Messer fest.

Es ist so weit, Julia, es ist so weit.

Stimmengewirr, ratternde Räder, grelle Schreie, schräge Orgeltöne.

Du musst es jetzt tun, jetzt tun. Gehen Sie schon mal vor und machen Sie sich unten herum frei. Hier liegt das Böse an deiner Brust, genährt mit der Galle des Satans, Satans, aus deinem Leib, Leib, nimm ihn, Feigling, du verstehst es wieder nicht, opfere dein Lamm, es tut nicht weh. All dieses Böse kommt aus dir heraus, und macht dich rein vor Gott.[21]

„Es muss weg, muss weg! Jetzt!" Entschlossen, aber mit Bedacht, zerrt sie das eingewickelte Ding unter dem Tisch hervor, trägt es durch den Flur, am Arbeitszimmer vorbei ins Badezimmer, das Messer immer noch in der Hand, legt das Ding in die Badewanne und lässt unter Schmunzeln heißes Wasser ein.

Im Treppenhaus

Ein markerschütterndes Jaulen dringt aus Julias Wohnung. Agneta hämmert und tritt gegen die Tür.
„Frau Bauer? Julia? Mach' auf!"
Ludovico drückt den Klingelknopf. „Julia, hier ist Ludovico!" Als ob es etwas nützen würde, presst er mit beiden Handflächen auf die Klingel. Nichts tut sich. Er nimmt die Hände weg, legt ein Ohr an die Tür.
„Kannst du was hören?", fragt Agneta.
„Nichts Besonderes, nur, dass jemand offensichtlich hektisch durch die Wohnung geht." Er dreht sich um, lehnt mit dem Rücken an der Wand. Eine Frau mit wuscheligem Haar und wehendem Mantel läuft die Treppe hinunter.
„Tschüss, Fariba," ruft eine andere Frau von oben, „und alles Gute."
Ludovico schaut erschrocken nach oben. „Stella?"
Stella schreitet Stufe für Stufe hinunter, wie ein Modell, findet Ludovico, allerdings auf Socken, eine Hand elegant auf dem Geländer. Doch er besinnt sich und wendet sich Agneta zu.
„Lucia ist in höchster Gefahr, es ist meine Schuld."
„Sprich!"
„Sie war … ist schwer krank."
„Wer?"
„Julia. Sie litt … leidet an Schizophrenie, nach einer Vergewaltigung als Teenager. Man wird diese Krankheit wohl nie wieder los; man kann sie jedoch beherrschen."
Agneta steht da wie versteinert, mit zusammengekniffenen Augen. „Was – ", sie schluckt schwer, „was könnte das mit Lucia zu tun haben?"
„Ihr Vater war fanatisch religiös, ein Verrückter, der sein Leben opferte, weil er glaubte, wie Jesus sein zu müssen, um an Gottes Seite sein zu dürfen, für die Ewigkeit. Er redete Julia ein, ihr Baby wäre ein Kind des Satans gewesen. Sie erzählte, dass sie das Kreuz, das sie zur Kommunion bekommen hatte, verkehrt herum an der Halskette tragen musste. Das Baby wurde gleich nach der Geburt weggebracht. Viele

Jahre war sie in Kliniken. Die Stimme des Vaters malträtierte sie über viele, viele Jahre, hat sie mir gesagt. Sie sollte ihre Brut töten."

Er hebt den Kopf und schaut sie hilflos an. Er sieht Benjamins Vater in der Wohnungstür, die Stirn in Falten gelegt. Neben ihm steht Benjamin.

„Als ich durch die Hecke schaute", erzählt er, „glaubte ich, ein Wesen in Bauers Garten zu sehen, wie ein lebender Toter sah es aus. Verwirrt, fahl, dunkle Augenhöhlen, es huschte wie der Teufel davon."

„Bitte, nicht", fleht Ludovico. „Helfen Sie uns beim Suchen?", fragt er die Benders.

„Ja, natürlich", verspricht Hanno. „Meine Frau möchte ich allerdings verschonen."

„Ich schau im Garten nach", sagt Benjamin.

Axel Kern lehnt sich über das Geländer. „Was ist da unten los?", fragt er. „Ah, Frau von Simon, haben Sie lecker gespeist?"

„Ist das der Großhirnamputierte, Agneta, der mit den besonderen Geschäftsabschlüssen?" Korbinian taucht neben Axel auf und knöpft ihn sich am Hemdkragen vor.

„Hey, hey, hey, lassen sie mich sofort los!"

„Agneta hat mir erzählt, unter welchen Bedingungen Sie ihr einen Geschäftsabschluss anbieten wollten! Sie sind eine Schande für die Männerwelt."

„Was sagen Sie zu meinem Mann?", mischt sich Petra ein, leicht schwankend steht sie hinter Axel.

„Da haben Sie aber einen besonderen Pfiffikus, gnädige Frau." Korbinian lässt Axel los, nicht ohne ihm einen Schubs zu geben, sodass er auf Petras Füße treten muss.

„Autsch!", Petra ihrerseits stößt Axel weg, eine Gelegenheit, ihm etwas unter hasserfülltem Blick ins Ohr zu flüstern.

„Korbinian, ist gut", ruft Agneta hoch, „wir haben Wichtigeres zu tun."

„Du hast Recht. Ich suche ebenfalls draußen." Korbinian will die Treppe hinunterlaufen, als Benjamin, ganz außer Atem, zurückgekehrt.

„Es liegt ein Messer im Wohnzimmer!"

„Ich bring' dich um!", schreit Agneta Ludovico an und schlägt hemmungslos auf ihn ein. Er wehrt sich nicht, hält lediglich die Arme schützend vors Gesicht.

„Es muss weg, muss weg. Jetzt!"

„Das kommt eindeutig aus Julias Wohnung", Agneta stoppt auf Ludovico einzuschlagen.

„Bringen Sie es weg", quäkt es hinter der Tür, gefolgt von hämischem Lachen.

Stella ist hinzugeeilt. Zusammen mit Agneta und Ludovico treten sie auf die Tür ein, ruckeln am Türgriff.

„Macht Platz! Ich habe einen Schlüssel. Herbert gehört doch die Wohnung." Natascha drückt die drei zur Seite.

Hanno Bender ist mit dem Smartphone zurückgekehrt. „Ich ruf' Polizei und Krankenwagen!"

Evamaria und Petra beobachten mit offenstehenden Mündern aus sicherer Entfernung das Geschehen. Sie haben sich auf die Treppe gesetzt. Auf den Lippen ein stummes Lied der Fassungslosigkeit.

„Ich stelle die Haustür auf, damit die Polizei ungehindert hinein kann", sagt Hanno.

„Das kann ich nicht mit ansehen." Petra geht zurück in ihre Wohnung.

„Ich schon", sagt Evamaria.

„Endlich!" Natascha stößt Julias Tür auf. „Lucia?", ruft sie in die grotesk bunt erleuchtete Wohnung.

Agneta, Ludovico, Stella und Benjamin stürmen hinein. Jeder rennt in ein anderes Zimmer.

„Hier, im Badezimmer", alarmiert Natascha.

„Neiiin", schreit Benjamin aus dem Wohnzimmer, „Nein! Nein!"

Stella ist ihm gefolgt. „Oh, mein Gott!" Dort liegt Putzi, schwanzlos und mit zertrümmerten Kopf.

Julia steht gebeugt über der Wanne. Die Arme bis zu den Ellbogen im dampfenden Wasser. Blut rinnt über die Knöchel. Natascha packt Julia an den Schultern, doch sie bekommt die zappelnde, um sich schlagende Frau nicht zu fassen.

„Benjamin, hilf mir!"

Stattdessen ist Korbinian da. Zusammen zerren sie sie hoch.

„Oh!!" Agneta sinkt im Angesicht von Julias zerfetzter Kopfhaut und dem blutigen Badewasser zusammen.

Julia zappelt, schleudert ihren Kopf hin und her und spuckt Korbinian ins Gesicht; endlich gelingt es, Julia auf den Boden zu drücken, wo sie wie ein zertretener Regenwurm liegen bleibt.

Ein kurzer Moment der Stille scheint den Raum zu erdrücken. Das Gewitter hat sich verzogen, nimmt aus der Ferne Abschied von diesem Ort.

Natascha hat Julia aufgerichtet, setzt sich zu ihr auf den Boden und drückt die verwirrte Frau an sich.

„Wollen wir die Puppe abtrocknen?"

Julia nickt schwach. Natascha fischt Gretel kopfüber aus dem Wasser, mit einem Zipfel des Bademantels trocknet sie Gretel ab.

„Wo ist Lucia?" Agneta packt Julia am Hals, schüttelt sie, reißt am Mantelkragen. „Wo ist mein Kind, du Biest?"

„Agneta, beruhige dich", Ludovico versucht sie wegzuziehen. „Schau sie dir doch mal an!" Doch Agneta schlägt mit den Fäusten auf Julias angewinkelte Beine.

„Sie soll mir sagen, was sie getan hat, die Wahnsinnige! Warum lag Mümmel draußen?"

Ludovico und Stella zerren Agneta von Julia weg.

„Also, wenn sie hier nicht ist, dann muss sie trotzdem in der Nähe sein", stellt Axel fest, der in der Wohnungstür steht. „Ich höre die Polizei kommen. Und Sie?", er dreht sich zu Evamaria, „Haben Sie genug gegafft? Jetzt suchen Sie schon mit."

Wortlos steht Evamaria auf, doch weiter bewegt sie sich nicht.

„Lassen Sie mich durch!" Anke Bender zwängt sich an Axel vorbei.

„Mami, nein, geh' wieder zurück, bitte!"

„Mein Gott!" Anke schlägt die Hände vors Gesicht, als sie Putzi sieht.

„Komm, Mami, ich kümmre mich drum." Er schaut sich um und sieht eine Schachtel im Regal. Er holt sie, nimmt den Deckel ab, schüttet den Inhalt aus, unsortierte Fotos fallen heraus. „Nun geh' doch!" Er fasst seine Mutter an den Schultern, still fließen ihre Tränen, keinen Ton bringt sie heraus. Benjamin schiebt sie zur Wohnung hinaus. „Ich komme gleich nach, Muttilein." Er zieht die Nase hoch, auch er kann die Tränen nicht mehr zurückhalten, Rotz tropft aus der Nase. Er wischt ihn mit einem Unterarm weg. Sein Handy klingelt. Automatisch greift er in die Hosentasche und nimmt den Ruf an. „Nele!" Unter Schluchzen geht er zur Küchenzeile, um dort zu telefonieren.

Korbinian hat Agneta aufgeholfen.

„Wo ist sie nur?" Agneta verschwindet fast in Korbinians Umarmung.

„Spatzl, wir werden sie sicherlich finden, Liebes, und das alles noch in deinem Zustand!"

Agneta befreit sich aus der Umklammerung, schaut fragend zu ihm hoch. Doch dann fällt es ihr ein, was er meint. „Das ist Quatsch, ist gelogen. Ich war so wütend auf dich, dass ich –." Sie winkt ab.

„Ist schon gut", antwortet Korbinian. „Kann ich irgendetwas tun?"

„Die Polizei wird sich sicherlich gleich kümmern", antwortet Natascha leise und streichelt Julias geschundenen Kopf. Apathisch sitzt sie dort, fernab vom Ort dieser Tragödie. „Ich bleibe bei ihr", sagt Natascha. Sie wendet sich Stella zu.

„Bringen Sie mir bitte kalte, nasse Handtücher, damit ich ihren Kopf versorgen kann?"

Während Benjamin mit der Schachtel in seiner Wohnung verschwindet, verteilen sich die anderen: Hanno, Axel, Ludovico und Hans-Herbert.
„Lucia? Lucia?"
Axel hält Hanno kurz fest. „Ihr Sohn übt einen schlechten Einfluss auf unsere Nele aus. Darüber wird noch zu reden sein!"
„Mein Sohn ist volljährig. Wir mischen uns nicht ein", antwortet Hanno.
Evamaria steht nach wie vor wie zur Salzsäure erstarrt auf der Treppe. Korbinian geht nach draußen Haus, schreitet den Garten Richtung Straße ab. Stella und Ludovico durchsuchen nochmals Julias Wohnung.
Hanno rennt eine Etage tiefer. „Ich suche in der Tiefgarage." Unten angekommen, stoppt er abrupt und schlägt die flache Hand auf die Stirn. „Keller! Die Kellertür steht offen. Ich habe sie offen gelassen."
Er drückt den Lichtschalter, rüttelt an den Türen der einzelnen Kellerräume. Die Tür, die zu seinem gehört, ist nur angelehnt.
„Lucia?", fragt er sanft, „Lucia, bist du hier?"
„Lucia?", Hans-Herbert ist Hanno gefolgt. „Mäuschen, sag' mal Piep!"
Ein Wimmern kommt aus der hintersten Ecke. Hanno stellt das Taschenlampenlicht seines Handys an und leuchtet zwischen Kartons und alten Möbeln. Etwas kauert hinter einem Sessel.
„Keine Angst, hier ist Onkel Herbert. Komm, kleine Advents- kranzkerzenbastlerin, es ist alles gut."
„Wir haben sie gefunden", ruft Hanno durchs Haus. „Hier unten, im Keller!"
Lucia krabbelt am Sessel vorbei, die blonden Haare blutverschmiert, die Kleidung zerrissen, das Gesicht zerkratzt, dreckig und nass vom Weinen.
„Luci! Lucia, mein Kleines!" Agneta rennt in den Kellerraum, hebt sie hoch und drückt sie fest an sich. „Alles ist gut, meine Süße." Liebevoll küsst sie die Tränen weg. „Es wird

alles wieder gut."

Lucia lässt es geschehen, ausdruckslos, abwesend.

„Hallo, hier sind die Polizei und der Rettungsdienst!"

„Bitte, kommen Sie mit in diese Wohnung", sagt Ludovico. Er geht mit den beiden Beamtinnen hinein, informiert sie kurz, was geschehen ist und zeigt ihnen einen eingerissenen Brief.

„Der lag in der Küche. Lesen Sie das rot Geschriebene: ,Sie ist zurück!' Ich bin mir sicher, dass Julia damit ihren Vater meint, besser, seine Stimme. Sie leidet an Schizophrenie."

„Ich rufe den psychologischen Notdienst", sagt eine Polizistin.

Natascha hält Julia nach wie vor wie ein Kind in den Armen und summt. Agneta kommt langsam mit Lucia auf dem Arm die Treppe vom Keller hoch.

„Mama. Mümmel." Der Hase liegt auf einer Stufe.

„Schau", Ludovico holt ihn und legt ihn auf Lucias Schulter. „Hier ist er", sagt er sanft. Aber Lucia dreht den Kopf weg und klammert sich noch mehr an Agneta.

Eine Polizistin geht auf sie zu. „Sie sollten auch auf den Psychologen warten", flüstert sie ihr ins Ohr. „Das Kind braucht professionelle Versorgung."

„Sie ist sicherlich bei mir am besten aufgehoben", antwortet Agneta.

„Lassen Sie das bitte einen Arzt entscheiden. Sie werden ihr Kind sicherlich begleiten können."

Agneta nickt. „Ui, bist du schwer." Sie setzt Lucia auf einer Stufe ab. „Lucia?" Agneta kniet sich vor das Kind. Wie eine Puppe sitzt es da, die Fäuste verkrampft im Schoß, der Blick starr geradeaus. Hans-Herbert und Stella setzen sich dazu. Agneta nimmt Mümmel und legt ihn auf Lucias Hände.

„Ich will den nicht! Der ist böse!" Lucia zuckt kräftig mit den Fäusten und katapultiert Mümmel vom Schoß.

„Lucia, Kleines!" Agneta streichelt ihre Wange.

„Er sagt böse Dinge zu mir."

„Mümmel?"

Lucia nickt kurz.

Agneta drückt sie fest an sich. „Kann mir jemand einen Gefallen tun?"

„Ja, natürlich", sagt Stella.

„Würden Sie bitte in meine Wohnung gehen, zweite Etage, von Simon heiße ich, und holen aus Lucias Zimmer frische Anziehsachen?"

„Klar!"

Agneta sieht Stella nach, wie sie zwei Stufen auf einmal nimmt. „Und einen Mantel für mich, bitte. Irgendeinen, an der Garderobe."

Jemand reicht Agneta ein Jackett, sie schaut hoch, es ist Korbinian, sie nimmt es kommentarlos und hüllt Lucia darin ein, wie soll ich mit meiner Schuld nur weiterleben?, ich habe einen fatalen Fehler begangen, wie soll Lucia damit leben?, sie wird nie wieder fröhlich und unbeschwert sein können, mir auf ewig böse sein, mit Recht, wie soll's nun weitergehen?

Das Blaulicht des Rettungswagens flackert durch das Treppenhaus. Agneta hört unterschiedliche Stimmen, die sich gegenseitig Anweisungen geben, leise, wie ein Arzt oder eine Krankenschwester, die einen Patienten beruhigen.

„Amelie, ich will Amelie."

Agneta hebt Lucias Kopf sanft von ihrer Schulter. Julia wird auf einer Krankenliege vorbeigeschoben. Ein Sanitäter hält eine Infusionsflasche hoch. Natascha folgt ihnen, ein Handy in der Hand.

„Halten sie, bitte", sagt Julia zu den Sanitätern. Sie dreht ihren Kopf zu Agneta und streckt ihr eine Hand entgegen. Ihre Lippen bewegen sich.

Agneta beugt sich über sie. „Puppe?", fragt sie. Stumm und ernst betrachtet sie Julia. Den linken Ärmel hat man offensichtlich aufgeschnitten, um die Kanüle zu legen. Was ist das?

„Es tut mir so schrecklich leid. So leid", sagt Julia.

Agneta registriert ihre Worte kaum, sie starrt auf Julias Unterarm, auf einen großen, gezackten, geritzten Fleck. Sie beugt sich vor, um ihn genauer zu betrachten.

„Lucia hat exakt dasselbe Mal, ebenfalls am linken Arm." Agneta berührt es sanft. „Die Ränder - ebenso zackig."

Julia hebt langsam den Kopf. Agneta blickt in dieselben blauen Augen wie ihre, überhaupt glaubt sie, Gesichtszüge von Lucia in Julia wiederzuerkennen.

„Wer bist du, Julia?", fragt sie.

Julia jedoch wendet sich von ihr weg. „Amelie, ich brauche Amelie, meine Ärztin. Mein Telefonbuch."

„Ich werde es holen", sagt Natascha.

„Wir müssen jetzt weiter", sagt ein Sanitäter.

„Moment noch, bitte." Agneta berührt Julias Mal. Sie schaut die geschundene Frau an und sagt wie in Trance: „Ich weiß, dass ich in einem Erziehungsheim geboren worden bin, im Februar 1972. Das steht in meiner Geburtsurkunde. Der Name meiner Mutter, die damals siebzehn Jahre alt gewesen sein soll, wurde nicht eingetragen, nur die Namen meiner Adoptiveltern. Als sie meine Tochter das erste Mal sahen und ihr Mal auf dem linken Unterarm, konnten sie berichten, dass meine Mutter auch so einen auffälligen Fleck hatte – wie diesen hier."

„Was ist denn dabei so merkwürdig?" Natascha legt Julias Telefonbuch und Handy auf ihren Brustkorb.

„Mein Kind", flüstert Julia.

„Was meint sie mit ‚mein Kind'?", fragt Natascha.

„Julia musste ihr Kind nach der Geburt weggeben", erklärt Ludovico. „Wie es aussieht, haben Lucia und Julia ein zum Verwechseln ähnliches Feuermal."

„Das weißt du, Ludovico?" Agneta schaut ihn an. „Sicher?"

„Sicher. Sie hat es mir erzählt."

Korbinian hakt Agneta unter. „Ich werde dich unterstützen."

Eine unbekannte, junge Frau sitzt neben Lucia.

„Eine Psychologin", flüstert Stella.

Lucia sitzt kerzengerade, den Blick apathisch nach vorne gerichtet, die Fäuste reiben gegeneinander. Die Lippen formulieren stumme Worte.

„Das ist nicht nötig", sagt Agneta, ohne Korbinian anzuschauen. Ein hauchdünnes Schmunzeln legt sich um ihre Mundwinkel, die Augen füllen sich mit Tränen. „Ich muss mich jetzt um meine Familie kümmern."

Julias Smartphone piept. Natascha nimmt es und liest die SMS vor.

„Bin jetzt unterwegs. Ich hoffe, dir geht's gut. Georg."

ENDE

Nun aber bleibt Glaube, Hoffnung, Liebe, diese drei; aber die Liebe ist die größte unter ihnen.
                                                1.Korinther 13:13

Über die Autorin

Martina Siems-Dahle ist als Journalistin vielen Menschen und Schicksalen begegnet. In ihrem vorliegenden Roman *Das wiedergeborene Kind* verarbeitet sie einige ihrer ergreifendsten Menschengeschichten. Literarisch verfasst sie zudem Kurzgeschichten und Gedichte nach Art der Poetry Slam Lyrik. Neben ihrem biografischen Roman „Briefe lügen nicht" hat sie in verschiedenen Anthologien veröffentlicht. Sie ist verheiratet, hat eine erwachsene Tochter und einen erwachsenen Hund. Die gebürtige Oldenburgerin lebt in Köln.

[1] Der Struwwelpeter, Heinrich Hoffmann, Vorspruch
[2] Die göttliche Komödie; Die Hölle. Dante, Dritter Gesang
[3] Pharell Williams, Happy
[4] Kirchenlied: So war ich lebe, spricht dein Gott; Lied zu Hesekiel, 18,23; Strophen 3 und 6; Autor Johann Heemann (1585 – 1647)
[5] Wolgadeutsches Liedgut
[6] Der Struwwelpeter, Heinrich Hoffmann, Die Geschichte vom Daumenlutscher
[7] Bergpredigt, Matthäusevangelium, 5,27
[8] Bergpredigt, Matthäusevangelium, 5,27
[9] Auszug aus der Lauretanischen Litanei
[10] Vollendet von Franz Xaver Süßmayr, 1766 – 1903
[11] Wolgadeutsches Liedgut
[12] Johannes Offenbarung 16,2
[13] Ballade Vergänglichkeit, Omar Khayyan, (1045-1122), Seite 118
[14] Brief Paulus an die Römer, Vers 3,10
[15] Dito, Vers 6,23
[16] Matthäus, Kapitel 10, Vers 34
[17] Matthäus, Kapitel 5,29
[18] Ebenda, Kapitel 5,30
[19] Johannes Evangelium, 1,29
[20] Mozart, Requiem
[21] Basierend auf Markus, 7,23